CAMBALACHE

Y OTROS RELATOS

Mauricio Botero Caicedo

CAMBALACHE

Y OTROS RELATOS

Libro diseñado y editado en Colombia por
VILLEGAS EDITORES S. A.
Avenida 82 No. 11-50, Interior 3
Bogotá, D. C., Colombia
Conmutador (57-1) 616 1788
Fax (57-1) 616 0020
e-mail: informacion@VillegasEditores.com

Editor
BENJAMÍN VILLEGAS

Departamento de Arte
HAIDY GARCÍA

Carátula
Fotomontaje, Marko Modic

Primera edición, octubre 2003

ISBN 958-8160-50-2

Preprensa
ZETTA COMUNICADORES

Impreso en Colombia por
QUEBECOR WORLD BOGOTÁ S. A.

VillegasEditores.com

CONTENIDO

Engañar al que engaña
es doblemente entretenido.
JEAN DE LA FONTAINE

CAMBALACHE

Pasaba Il Pomeriggio por ser uno de los lugares más agradables de reunión en Bogotá. En el corazón de la Zona Rosa, los *capuccinos* y los *sándwiches* eran exquisitos. Pero lejos estaba el café de ser un lugar discreto. Las mesas, las sillas y las columnas del Pomeriggio oían, hablaban y veían.

"Lo agarran a uno con un 'tinieblo' y lo cuecen...", reflexionaba Andrea, algo alarmada por las miradas de los meseros y los vecinos. "Bendito Dios que la reunión es de negocios... estrictamente de negocios... porque de otras, estaríamos 'jodidos'..."

Aquella tarde, Andrea, rubia y ojiverde, estaba especialmente atractiva, con unos descaderados como para dejar frío a más de un incauto.

Andrea Racines, más que alarmada con las miradas, estaba profundamente perpleja por las estruendosas carcajadas de Remingio Morales, quien compartía la mesa con ella. La atractiva mujer no entendía por qué su íntimo amigo se desternillaba de la risa. A medida que Morales leía el informe preparado por Andrea, y repetía los nombres allí señalados, más se reía.

Puede ser el momento de explicar quién era Andrea Racines y de qué se trataba el informe que estaba presentando.

Manizalita, ingeniera de sistemas de la Universidad de los Andes, con una maestría en Biotecnología de Stanford, Andrea Racines había establecido con algunos compañeros de los Andes una firma de ADN. Watson, genetista americano, y Crick, físico inglés, fueron quienes elaboraron un modelo teórico que se conoció como el "Código Genético", que constituye la columna vertebral de la Biología Moderna. Por medio de la comparación del código genético de un ser humano se puede establecer, con un 99% de certeza, si esa persona es el padre o la madre de una criatura.

Los socios de Andrea trajeron a Colombia, de Singapur y Finlandia, los últimos avances tecnológicos en biogenética. En cuestión de minutos estaban en capacidad de analizar el ADN de cualquier persona, con base en cualquier tipo de muestra, desde evidencias de saliva, pasando por un pelo, hasta un diminuto fragmento de uña.

La rapidez de los análisis y el profesionalismo de los socios, por no mencionar el encanto de Andrea Racines, muy pronto volvió a Colgenoma (así se denominaba la firma) la favorita del Instituto de Bienestar Familiar, de los laboratorios forenses, de los juzgados, de las universidades y de los abogados en general, que requerían la identificación genética.

Andrea le había introducido a la firma un filón tan desconocido como novedoso: el análisis del ADN de los principales caballos que habían corrido en Colombia durante las últimas décadas del siglo XX. La firma de Andrea contrató durante un año a varios preparadores y entrenadores, para localizar los huesos de los ganadores y finalistas de las principales carreras que existieron en Colombia. Poco a poco se fueron identificando tanto los ganadores como los principales competidores del Gran Derby Colombiano que se corrió entre 1954 y 1984; el Clásico Las Oaks, celebrado entre 1956 y 1986; el Gran Premio Nacional, entre 1956 y 1981; la Polla de Potrancas, entre 1954 y 1986, y la Polla de Potrillos, que se inició en 1954 y se corrió por última vez en Bogotá en 1986.

Las estadísticas hípicas en Colombia han sido relativamente buenas, y los récords oficiales permitieron a los ejecutivos y a los empleados de Colgenoma armar en un año un mapa completo del ADN de los caballos, las yeguas, los potrillos y las potrancas que corrieron en Colombia en esos años. Los análisis genéticos con muestras aleatorias demostraron que las estadísticas existentes eran veraces en un 99%.

En los inicios del siglo XXI, la hípica en Colombia se redujo al Hipódromo de El Guarne en Medellín, al haberse cerrado a finales de los 90 el Hipódromo de Villa de Leyva. El Hipódromo de Los Andes se cerró en 1986 por diferencias sobre los impuestos entre sus dueños y las autoridades de Chía; el Hipódromo de Techo dejó de existir en 1981, y se convirtió en un populoso barrio de clase media.

Los pocos criadores que quedaron en el país le permitieron a Colgenoma tomar muestras de sus bestias de pura sangre, descendientes de los ganadores de los grandes clásicos y, de esta forma, poder demostrarles a los compradores, a través del ADN, los *pedigrees* y la ascendencia noble de las bestias. Los criadores estaban encantados ya que, obviamente, valorizaban tanto sus crías como sus haras.

En 2003 había serias expectativas de que se reanudaran las carreras de caballos y por ello la demanda de servicios en la división equina de Colgenoma, tanto por parte de los criadores como de los potenciales compradores, era superior a lo proyectado inicialmente por Andrea y sus socios.

Remingio Morales conocía a Andrea hacía varios lustros. Tenía mucho interés, según le contó en el café, en saber si un caballo de propiedad de su familia era en realidad el descendiente de uno de los ganadores del Gran Derby de Colombia en los años 70. Se mostró igualmente interesado en conocer la manera cómo se hacían los exámenes del ADN de los humanos. A Andrea le dejó una bolsa *zip-lock* en la que se encontraban muestras de uno de los huesos de dicho caballo.

El informe de Andrea, presentado dos días después de esta entrevista, era de una claridad meridiana:

"Nombre: *King Robert*, macho alazán... ganador del Gran Derby Colombiano en 1963..."

Remingio no podía contener la risa, y le preguntaba a Andrea:

—Cuando el juez te entregue unas cenizas, ¿cuánto tiempo dura el computador en entregar los resultados?

—No más de tres minutos...

—¿En tres minutos estas condenadas van a enterarse de que su papá es el caballo ganador del Gran

Derby Colombiano en 1963? —preguntó en voz alta Remingio, soltando otra estruendosa carcajada.

—En tres minutos... —respondió secamente Andrea, que no comprendía a qué iba Remingio— ... el computador revisa las muestras que le entregan y procede a dar un resultado. Si le entregan las muestras de un caballo cuyo ADN está en la memoria, naturalmente dará tanto el nombre como los padrotes, hasta llegar a los tatarabuelos.

—¿Y quiénes son exáctamente *Robert Barker*, macho castaño, y *Queen Conkers*, hembra zaina?

—Los progenitores de *King Robert*.

—Entonces, ¿va a quedar claro que los abuelos de estas lechuzas son un reproductor y una potranca?

—Remingio... —contestó Andrea con inocultable molestia, ya que prácticamente todos los criados y los comensales en Il Pomeriggio los observaban— no sé de qué me estás hablando o qué broma te propones. Nuestros servicios se limitan exclusivamente a hacer los análisis del ADN y entregar los correspondientes resultados.

—Tienes razón en cabrearte, Andrea... —contestó amablemente Remingio, en un tono de voz mucho más bajo— la verdad es que no te he explicado nada...

—¿Y por qué no me aclaras lo que estás buscando para no quedar como una idiota?

Remingio le contó a Andrea que su padre, Eusebio Morales, sin que tuvieran la menor idea sobre su patrimonio, les dejó a él y a sus dos hermanos una cuantiosa fortuna en edificios, casas y apartamentos. Fue el viejo un hombre hábil y enormemente afortunado en los negocios. Sin embargo, nunca dejó entrever la magnitud de su fortuna. Él y sus hermanos llevaron una vida holgada, sin privaciones ni pretensiones de ninguna índole, con un tren de gastos correspondiente a una familia de clase media alta. Sin ser un hombre de grandes conocimientos, su padre tenía un sorprendente olfato para prever los ciclos de la finca raíz, y armado de un pequeño capital y un crédito importante, dada su fama de buena paga, añadido a cierta audacia, vendía prácticamente la totalidad de sus bienes a precio de oro y generalmente en dólares, en las cimas de los precios, y las compraba nuevamente en las depresiones en pesos, a huevo. En Colombia las fluctuaciones de los precios de la finca raíz son violentos, y en menos de tres décadas logró amasar una inmensa fortuna que les legó, a su muerte, en 1999.

—Cuéntame un poco más…

—Para darte una idea, a precios corrientes de hoy, lo que llegó a valer en finca raíz 20 pesos en 1990, se cotizaba en 1995 en 100 pesos, para volver a caer en 2000 a 15 pesos. Un jugador hábil, como era el viejo, se hubiera embolsillado la no despreciable suma de 150 pesos en 10 años, después de poner como capital cinco pesos, y prestar los otros 15. Haz la cuenta: cuando el capital del viejo, en 1990, era de 20 000 millones de pesos y los bancos le prestaban tres veces esa suma… Su fortuna la han avaluado en 600 000 millones de pesos.

—¿Y…?

—Muchas personas, entre registradores de instrumentos públicos, notarios y banqueros, a raíz de su muerte se fueron enterando del tamaño de la fortuna que nos dejó el viejo. Hace un par de meses se presentaron ante un juzgado de familia, acompañadas de su madre, dos amazonas que argumentan ser hijas de mi padre en una relación ilícita que supuestamente papá tuvo con la madre de ellas, hace más de 30 años…

—¿Y son ellas las que han pedido el análisis del ADN de tu viejo, para probar su descendencia?

—Eres muy perspicaz, preciosa… —contestó con sorna Remingio— la verdad es que era obvio que esta era la prueba elemental que iban a solicitarle al juez.

—¿Y lo que pretenden los hermanitos Morales es sustituir las cenizas del viejo por las de un caballo? —preguntó Andrea, soltando una carcajada ante la descarada intrepidez de los hermanos.

—*Mais oui… ma petite…* —contestó Remingio, en un horrible francés.

—¿Y es que temes que el viejo sí sea el verdadero padre de tus hermanastras?

—El viejo era juguetón… y como los gatos, a pesar de tener carne en casa, salía con frecuencia a comer afuera…

—Pero ¿por qué no aceptan ustedes lo que puede llegar a ser un hecho?

—Porque este par de lechuzas, además de tener una codicia ilimitada, son unas trepadoras. Durante muchos años pensaron que el viejo, dada su notoria discreción, no tenía un cochino centavo en qué caerse muerto… A principios de los 90, les vendió un *pent-house* en La Cabrera. Papá duró cinco años cobrándoles, mientras que estas lechuzas lo acusaban de haberlas asaltado. El padre de ellas, Henri Bolaños, era un lagarto de siete suelas que había hecho una pequeña fortuna en la Superintendencia de Control de Cambios, durante la dictadura.

—Y vino un pajarito a donde las arpías y les contó…

—Quién sabe quién fue el sapo que les sopló que la herencia era una cuantiosa fortuna…

—No quiero ni pensar en el bollo que se va a armar… —contestó Andrea, despidiéndose.

Remingio Morales le entregó a Andrea otra bolsita de *zip-lock* para que hiciera un análisis de otro caballo y se asegurara de que el computador de Colgenoma respondiera. Se dieron cita para el martes siguiente, en el mismo café.

—Estás ojeroso y cariacontecido, Remingio… —le dijo Andrea a su entrañable amigo, al encontrarlo nuevamente en el café, unos días después.

—Se han presentado problemas serios… pero muéstrame los resultados…

—Se trata de *Marroquín*, un macho castaño que ganó la Polla de Potrillos en 1983.

—Exacto… pero dime de quién desciende.

—De *McKenzie Bridge*, un reproductor castaño de origen irlandés, y de *Altamira*, una potra zaina.

—Ese computador tuyo es una maravilla, Andrea, pero se nos está enredando el caminado…

—Y ¿qué ha pasado?

—La sapa de la mesera les contó a las Bolaños que pensábamos cambiar las cenizas del viejo por las de un caballo, y han puesto ocho guardias durante las 24 horas, para no dejar hacer el cambio…

—Mierda… te 'jodiste', hermano… —contestó Andrea con las palabrotas y la espontaniedad de las jóvenes de hoy día.

—Me 'jodí' es un piropo… ¡estamos perdidos!

—¿Y cuándo es el juicio?

—El próximo martes… y nuestro abogado ha confirmado que Colgenoma es la firma que el juez escogió para hacer las pruebas del ADN…

—¿Eres consciente, Remingio, de que nada podemos hacer que ponga en riesgo el profesionalismo de nuestra firma? —le preguntó Andrea, apenada con la cara de patibulario que tenía Morales.

—Lo sé, Andrea… ya nos veremos en el juzgado.

El martes siguiente, las hermanas Bolaños, en compañía de sus abogados, dos peritos independientes, un notario, y del Juez Primero de Familia del Circuito de Bogotá, se dirigieron al osario del Cementerio Central de Bogotá. Sin ser invitado, el abogado de los hermanos Morales también asistió a la diligencia. En una de las alas de dicho osario, según consta en las actas elevadas a escritura pública, cuya copia estaba en manos del juez, estaba la pequeña bóveda en que reposaban las cenizas de quien en vida se llamaba Eusebio Morales.

Francisco Estupiñán, el abogado de los Morales, elevó ante el juez una solicitud para impedir que los peritos hicieran su examen, ya que consideraba que no existían pruebas suficientes para vincular al difunto, solicitud que fue denegada.

El juez le contestó a Estupiñán que precisamente el análisis del ADN era la prueba reina que determinaría la paternidad o no de las hermanas Bolaños y que de ninguna forma se estaban violando los derechos de los hermanos Morales, consagrados en la Constitución y plasmados en el Código de Procedimiento Civil. El juez les ordenó a los expertos de la Secretaría de Obras Públicas proceder a abrir la bóveda y retirar unas muestras de yeso y de concreto, al igual que la urna, para poder hacer el análisis de laboratorio en el juzgado.

—Señor juez... —interpeló nuevamente el abogado Estupiñán, señalando otra pequeña bóveda a pocos metros de aquella en que se acababan de retirar las cenizas de Eusebio Morales— respetuosamente solicito que igualmente sean exhumadas las cenizas del don Henri Bolaños, para poder complementar las pruebas de paternidad.

La sorpresa de los asistentes, ante la petición del abogado de los Morales, fue general. Los abogados de la familia Bolaños, tan prevenidos como indignados, trataron de impedir la maniobra solicitada por Estupiñán. Pero el juez había caído en la celada y muy difícilmente podía negarse a la solicitud del abogado de los Morales. La ley no podía ser ni preferente ni excluyente.

Los abogados de las Bolaños exigieron que los peritos tomaran muestras del sellamiento de yeso y concreto en la bóveda de Henri Bolaños, para asegurarse de que no hubiera alteraciones.

Francisco Estupiñán no podía ocultar su satisfacción. Por su celular, llamó a Remingio Morales y le dijo: "Quietos en primera... que esto se va a poner bueno".

Con las urnas en mano, el juez, el notario, los abogados, las hermanas Bolaños y su madre se dirigieron al Juzgado de Familia en Paloquemao, en donde se encontraba Andrea Racines con dos de sus técnicos, el laboratorio móvil de la Secretaría de Obras Públicas y los tres hermanos Morales.

La primera orden del juez a los peritos fue de hacer el análisis del yeso y del concreto que se utilizó para sellar las bóvedas en que reposaban los restos de Eusebio Morales y los de Henri Bolaños.

Los peritos, con el apoyo de su laboratorio móvil, certificaron que el yeso y el cemento utilizado para sellar las bóvedas no habían tenido alteración alguna. Concretamente, la bóveda de don Henri Bolaños estaba sellada hacía más de 15 años y la de Eusebio Morales hace más de tres años. No existía posibilidad, según los peritos, de que se hubieran podido cambiar los contenidos de las urnas.

La sonrisa de satisfacción de las hermanas Bolaños y de su madre y, obviamente, la de los abogados, no podían ser más evidentes. Más que sentirse con el sartén por el mango, contaban de antemano los patacones de oro.

El juez, a continuación, solicitó llevar a cabo las pruebas de ADN. Andrea Racines le pidió a cada una de las hermanas Bolaños un pelo de su cabellera y procedió a hacer el examen. El computador, al no tener un patrón de comparación, sencillamente determinó que las dos muestras indicaban que eran de mujeres, hermanas, descendientes de un mismo padre y de una misma madre.

El juez le ordenó al notario entregarle a Andrea las cenizas de Eusebio Morales para el análisis del ADN. La tensión, en esos momentos, en el juzgado, era incandescente.

El computador se limitó a imprimir en un documento, que no existía vínculo alguno entre los ADN anteriores y el que acababa de analizar.

—¿Y qué, concretamente, quiere decir esto, doctora Racines? —preguntó el juez.

—Sencillamente, que no hay vínculo entre las señoritas Bolaños y Eusebio Morales.

—¿Está usted segura, doctora Racines?

—Las pruebas negativas tienen, señor juez, un 100% de confiabilidad. No existe la menor duda.

La madre de las Bolaños se desmayó, y sus dos hijas irrumpieron en un llanto descontrolado. Los abogados de las hermanas quedaron sorprendidos y estupefactos, ya que en este caso particular no estaban cobrando honorarios, sino que iban por *cuota litis*, o sea, una parte importante de la herencia de Eusebio Morales.

Por otro lado, como era de esperarse, los hermanos Morales y su abogado, Francisco Estupiñán, se abrazaban sin disimular su alegría.

—Señor Juez... —interrumpió Estupiñán— respetuosamente solicito que se ordene el análisis del ADN de el señor Henri Bolaños y que se compare con el de las señoritas Bolaños.

El juez le dio la orden al notario de que le entregara las cenizas de Henri Bolaños a Andrea Racines para que se hiciera el análisis solicitado por el abogado Estupiñán.

Después de unos minutos de inmensa expectativa, el juez preguntó:

—¿Cuáles son los resultados del examen, doctora Racines?

—De acuerdo con los resultados del ADN, el señor Henri Bolaños es el padre de las señoritas Bolaños...

—¿Está usted completamente segura, doctora? —preguntó el juez.

—Las pruebas positivas tienen un 99% de confiabilidad, señor juez.

El juez, al no encontrar mérito en la demanda de paternidad por parte de las hermanas Bolaños, declaró cerrado el caso. Les llamó, igualmente con gran severidad, la atención a los abogados de las Bolaños por intentar burlarse de la justicia, y finalmente condenó a las hermanas Bolaños y a su madre al pago de todas las costas del juicio.

La mayor de las hijas, Ester, una vez revivieron a la madre, le reclamó airada:

—Pero nos habías jurado, mamá, que Eusebio Morales era nuestro verdadero padre.

—No sé... no sé... debe ser que ese maldito alemán Alois Alzheimer me ha alcanzado... yo juraba que Eusebio era vuestro padre... —contestó medio desfallecida la pobre viejecita.

La segunda de las Bolaños, Mariflor, gemía con rabia:

—¡Qué oso tan *berriondo*...! Mamá ha quedado como una casquifloja, y nosotras, como unas peliteñidas...

Mientras tanto, los hermanos Morales y su abogado, Francisco Estupiñán, se preparaban a salir a almorzar a Bellini, el restaurante italiano en el Centro Internacional, donde la comida era tan agradable como el ambiente.

—¿Por qué no nos acompañas a almorzar? —le dijo Remingio Morales a Andrea Racines.

Salieron los cinco para Bellini, dejando a la familia Bolaños en el más profundo de los desconciertos. Las recriminaciones de las hermanas contra la mamá, y de los abogados contra la familia, no cesaban.

Entre vino y vino… ya que iban en la cuarta botella de *Chianti*, Andrea preguntó:

—Lo del caballo era una tramoya, ¿o no…?

—¿Cómo se te ocurre preguntar esta barbaridad? –contestó Remingio, socarronamente.

—Mira, Remingio… no me tomes por una idiota. Las Bolaños me caen como una patada, y puedes confiar en mí cien por ciento, siempre y cuando no me insultes las pocas neuronas que me quedan…

—La verdad es que sí fue una tramoya… —contestó el mayor de los Morales— y nunca pensamos utilizar las cenizas de un caballo.

—Ubícame, cariño… porque jamás he estado tan perdida.

—En Il Pomeriggio trabaja de mesera una prima hermana de las Bolaños. Yo tenía la certeza de que esta niña había oído hablar a su prima sobre el caso de la herencia y de que les contaría inmediatamente a sus primas nuestro plan de cambiar las cenizas de papá por las de un caballo…

—¿Entonces…?

—Era casi obvio que la familia Bolaños y sus abogados pondrían seguridad en el osario donde estaba la bóveda con los restos del papá, para evitar que pudiéramos romper el sello y cambiar las cenizas... Evidentemente, las Bolaños pusieron una especie de guardia pretoriana para protegerlas.

—Pero ¿cómo los favorecía a ustedes...?

—Al ubicarse todos los guardias, incluidos los del cementerio, frente a las bóvedas donde estaban los restos de papá y de Henri Bolaños, nos dejaron el campo libre para movernos por detrás. Algunos de los osarios en Bogotá, Andrea, son medias lunas que tienen bóvedas en cada lado. Las urnas, tanto de papá como de Henri Bolaños, estaban en el costado norte. Lo que hicimos fue taladrar para sacar las urnas de papá y de Bolaños por la parte de atrás, o sea por el costado sur, sin que absolutamente nadie se diera cuenta, y mucho menos que el juez sospechara de nosotros... Obviamente, destrozamos las bóvedas de unos pobres desconocidos.

—Entonces, al abrir las bóvedas por atrás, ¿dejaban intacto el sellamiento por el frente donde estaban los guardias...? —preguntó, incrédula, Andrea.

—Eres muy perspicaz, preciosa... además, dejamos convencidas a las Bolaños de que las bóvedas estaban intactas... —le contestó, burlonamente, Remingio.

—¿Y qué hicieron después?

—Un sencillo cambalache. Donde debían yacer las cenizas de papá, pusimos las de Henri Bolaños, y donde debían estar las de Henri, pusimos las de Papá.

—¿O sea que ustedes sí tenían sospechas de que las Bolaños eran sus medio-hermanas? —preguntó Andrea, emocionada.

—No es que tuviéramos sospechas... teníamos casi la certeza... como puedes ver por el parecido entre ellas y nosotros... empezando por el pelo rojo... y tu análisis no dejó la menor duda al respecto, el computador probó que ellas nada tenían que ver con el señor Bolaños, pero eran indiscutiblemente las hijas de papá... Ante el juzgado, obviamente, el resultado fue a la inversa; resultaron ser hijas de Henri Bolaños.

—¿Obviamente ustedes se niegan a compartir con ellas la herencia...?

—Sí... y no, Andrea... —contestó pausadamente Remingio— lo que nos tiene inmensamente cabreados es que sólo al conocer la cuantía de la inmensa fortuna que dejó papá, se movieron, lo cual es una muestra evidente de que el interés principal, por no decir único, es la plata, fuera de la 'marranada' que le hicieron al viejo a raíz de la venta del *pent-house.* Si llevan cerca de 30 años sin la plata de papá... no vemos por qué no pueden aguantar 30 años más...

Andrea Racines no pudo evitar una sonrisa preñada de malicia.

Al pagar la cuenta, ya eran ocho las botellas de *Chianti* que habían desaparecido en manos de Andrea, los tres hermanos Morales y Francisco Estupiñán. Cristina, la dueña de Bellini, se dio cuenta de que sus existencias del vino italiano se estaban agotando rápidamente.

"EL PATRÓN"

Salpicadas durante varias décadas por litros de cerveza amarga y aguardiente barato, que en su día fueron a rodar al piso de concreto y de losas de ladrillo, era imposible descifrar la textura y la forma original de aquellas lúgubres sillas y mesas de latón, tríplex y linóleo.

El Café Las Galaxias, en Ambalema, no era exactamente el Lloyd´s Pub de Bogotá… pero la compañía, ese día, por mucho compensaba el insoportable calor y las protuberantes deficiencias de tan desapacible lugar.

Rocío Landínez era una mujer guapa, agradable y divertida. Nuestra amistad venía de años atrás y, generalmente, yo no compraba ganado sin su intervención y consejo.

Rocío me había invitado a Ambalema con la excusa de mirar el remate de unas novillas cebú rojo en la hacienda El Arrabal, a unos siete kilómetros del casco urbano, en la vía entre Alvarado y Venadillo, y advirtió que me tenía una sorpresa… una enorme sorpresa.

Al encontrar que ni siquiera con la tercera cerveza helada lograba aplacar la sed ni las ansias de beber algo helado, le pregunté a Rocío, desprevenidamente:

—¿Siempre hace un calor infernal en este pueblo?

—No siempre… —me contestó sin inmutarse—, a veces hace mucho más… El problema, cuando traigo *cachacos* a Ambalema es que se derriten en par patadas y no hay en la región suficiente cerveza para hidratarlos.

—Sin ánimo de ofender, este pueblo me recuerda la graciosa respuesta dada por un compatriota en París, cuando un *mosiú* le pidió describir Colombia. Nuestro paisano le contestó: "Imagínese usted el Congo belga… pero sin los belgas".

—Eres *señorito* de la capital, y no se te puede sacar del *Jockey* o del *Country Club.* Comparado con otros pueblos en las orillas del Magdalena, Ambalema es Estrasburgo. Pero, aparte de esto, el pueblo tiene una larga y fecunda historia; recuerda que por unos días fue capital de la República… pero me imagino que creerás que Bogotá es, ha sido y siempre será, el ombligo de la patria.

—El hecho de tener ciertas reservas sobre el clima infernal no te da derecho a insultarme… —le contesté con fingida indignación— pero, cuéntame más de la zona y de este pueblo.

Rocío me contó que El Yuma, como originalmente se denominaba el Magdalena, lo habitaban de sur a norte, entre otros, los timanaes, los yalcones, los paeces, los pijaos, los panches y los gualíes. Estos indígenas se dedicaban a la agricultura, a la pesca, a la cacería, a la cerámica, a la metalurgia y a la textilería y, desde luego, a guerrear los unos contra los otros, y dominaban el territorio que va desde el río Aipe hasta el Combeima, y desde las vegas del Río Grande del Yuma —lo que hoy es el Magdalena— hasta la Cordillera de los Nevados.

—¿Y cuándo llegaron los conquistadores?

Rocío explicó que Sebastián de Belalcázar, el fundador de Cali, Popayán, Timaná y Neiva, fue el primero en pisar las tierras de Ambalema. En 1627, Tomás de Bocanegra era encomendero en Ambalema. En 1811, el presidente Antonio Nariño consolidó la unión de Mariquita, Honda, Ambalema, Espinal, Ibagué y Purificación, al Estado Soberano de Cundinamarca. Ambalema fue, a mediados del siglo antepasado, uno de los principales centros comerciales del país. Sin tener la alcurnia de una Cartagena o de un Mompós, sus hermosas calles empedradas que bajan con lentitud hacia el Magdalena son el reflejo de su antigua opulencia. En 1850, Ambalema generaba el 60% de la producción de tabaco del país y el 53% de las exportaciones, y competía en los mercados internacionales con países como Cuba y la isla de Java. Los reyes del tabaco en esa época era la firma de Montoya Sáenz & Cía.

—Y de esto ¿algo queda? —pregunté.

—Nada... absolutamente nada... —contestó Rocío— para 1880, la enfermedad del amulamiento destrozó la mayoría de los cultivos de menor calidad. Buena parte de las fábricas, hoteles, casas de consignación y aun los burdeles, desaparecieron en cuestión de pocos años.

—¿Y de que vivió el pueblo?

—Regresaron la caña y el ganado. Algunas fábricas de tabaco como aquella de *La Patria*, sobrevivieron, hasta que sucumbió a un tenaz incendio en 1928. En este establecimiento se elaboraban 'Brevos', 'Presidentes' y 'Príncipes', excelentes cigarros empacados en cajas de pino para los europeos, y otros tabacos de menor calidad como los 'Corrientes' y los 'Provechosos', para el mercado local.

—¿Y qué sucedió después?

—La caña se volvió el rey. A principios de los 40, Harold Éder y Roberto Wills establecieron en la Hacienda Pajonales el Ingenio Central del Tolima, para aprovechar la menor distancia con el principal centro de consumo: la capital. Los bajos rendimientos de sacarosa —comparados con el Valle del Cauca— nunca llegaron a compensar la menor distancia, y una difícil situación laboral llevó al cierre de esa empresa a principios de los 60.

—Y hoy día, ¿de qué vive Ambalema?

—Estas tierras son óptimas tanto para el arroz como para el algodón. En ellas se obtienen unos de los principales rendimientos en ambos cultivos. El agua es generalmente abundante y siguen funcionando de maravilla las obras civiles e hidráulicas que en su día adelantaron en el río Recio los ingenieros Espíritu Santo Potes y Carlos Boshell Manrique.

—Sabes un huevo de historia, Rocío —le advertí, con admiración.

—No sólo quería mostrarte unas novillas para mejorar tu ganadería; como te dedicas a escribir cuentos y 'pendejadas', también quería que oyeras uno de los relatos más impresionantes que a alguien le ha podido ocurrir.

—Antes de empezar, ¿por qué no me pides otra cerveza?

Rocío le ordenó al mesero otra cerveza helada y, señalándo a un individuo sentado al otro lado del café, me preguntó:

—¿Ves a ese hombre sentado en la barra?

En la barra estaba un hombre maduro, menesteroso, humildemente vestido, y con cierto aire entre ingenuo y bonachón. No tenía apariencia de ser algo más que un pobre diablo, con su bigotico hitleriano, típico de los campesinos boyacenses y de ciertos arrieros del oriente antioqueño.

—Ahí donde lo ves, es el mayor terrateniente y ganadero del país. Aparte de un puñado de sus íntimos amigos, dos o tres abogados, su contador y su banquero de confianza, nadie sabe que este hombre es Epaminondas Gutiérrez. Sus 47 haciendas suman por lo menos 100 000 hectáreas y 300 000 cabezas. Epaminondas tiene parte de las históricas haciendas de Saldaña, Doima y Guanábano. Buena parte de ellas pertenecieron, hasta 1767, a la Compañía de Jesús, antes de pasar a las temporalidades para remate.

—¿Ese pobre diablo es Epaminondas Gutiérrez? —pregunté incrédulo.

De Epaminondas Gutiérrez la gente hablaba con la misma admiración y aprehensión que en su día se hablaba de Pepe Sierra o del *Gallino* Vargas. Gutiérrez pasaba por ser un hacendado tan artero como ladino.

—Lejos de ser un pobre diablo, es un rico diablo, y en este caso la distancia se mide en miles de millares de pesos y de hectáreas. De hecho, es uno de los hombres más ricos, sagaces, y astutos que hay en Colombia.

—¿Pero no es este Gutiérrez medio granuja?

—Epanimondas es tan ladino como astuto, pero jamás granuja. Su bajísimo perfil le ha permitido amasar una inmensa fortuna sin que prácticamente nadie se dé cuenta. Y la amasó con la mera muñeca, no con el sudor de sus frentes, como —según señalan algunos graciosos— lo hace *Tirofijo*...

No pude dejar de reírme a carcajada limpia, ante el ingenioso apunte de Rocío.

—Epaminondas Gutiérrez es el hombre más escurridizo del país. Ni sus numerosas mujeres, ni sus incontables hijos ni, por supuesto, la Dirección de Impuestos saben dónde o cómo ubicarlo. Los *doberman* que el señor Aranguren heredó de doña Fanny ni siquiera podrían iniciar el rastro. Parece ser, según él te contará, que a raíz de una traición, la guerrilla lo tiene ubicado.

—¿La guerrilla lo tiene ubicado?

—Sabe quién es y la orden de secuestrarlo viene directamente del secretariado. Es más, al comandante del frente que logre capturarlo le darán una recompensa de mil millones de pesos, y será ascendido inmediatamente al Estado Mayor de los farcos. Hay 15 frentes que lo buscan en forma permanente. La guerrilla no sabe a ciencia cierta cómo es, y es muy difícil localizar y secuestrar a alguien cuando uno no tiene mayor idea de su apariencia.

—¿Pero qué hace ese hombre en el Magdalena Medio?... ¿es acaso un suicida?... este lugar, como buena parte del Tolima, debe estar plagado de guerrilla.

—Lejos de ser un suicida, Gutiérrez aprecia íntegramente la vida y no tiene la menor intención de pasar de forma voluntaria al otro mundo, a pesar de las numerosas exhortaciones del párroco de Ambalema sobre las maravillas del más allá.

—¿Se siente invisible?

—No... él sabe que no es invisible y sabe que la guerrilla está regada por todo el país. Con excepción de un puñado de personas —entre las cuales me encuentro—, nadie sabe cómo es físicamente Epaminondas, y a la guerrilla le queda cuesta arriba identificarlo. Sus mujeres y sus hijos lo conocen cómo *don Juanito*, pero no disponen de la suficiente información para atar un cabo con otro y entender que *don Juanito* es nadie menos que Epaminondas Gutiérrez. No existe fotografía de él aparte de la copia de la cédula en la Registraduría, tomada hace más de 50 años. Don Epaminondas no asiste a ningún tipo de reunión social; foros, encuentros, entierros, bodas o bautizos. No tiene pase ni chequeras, ni mucho menos tarjetas de crédito. Anda con una cédula raída, que en su día le perteneció a un compadre suyo que yace en el cementerio. Los abogados, los banqueros, los contadores y sus mejores amigos sólo conocen en Bogotá a un hombre discreto, elegante, vestido con los mejores trajes londinenses y sin aquel horrible bigotico. Sencillamente, el hombre no se deja pescar en ninguna parte.

—¿Y por qué quiere conocerme? —le pregunté a Rocío algo turbado de la razón por la cual alguien que requería del absoluto anonimato para su propia supervivencia quisiera conocer a un extraño.

—No quiere conocerte por conocerte. Alguna vez le conté que escribías cuentos estrafalarios y me apostó a que jamás te hubieras imaginado, ni en tus más insólitos sueños, lo que le ocurrió.

Diciendo esto, Rocío se alejó de la mesa y me trajo a aquel hombre. Sin presentarse formalmente, Gutiérrez tomó asiento y, dirigiéndose a mí en forma cortés, expresó:

—Le ofrezco mil disculpas por no presentarme adecuadamente, pero Rocío me ha dicho que usted ya sabe quién soy y no es prudente alertar a los curiosos lenguaraces, sobre mi verdadera identidad. De todas formas, me da mucho gusto conocerlo.

—El gusto es mío —le contesté con amabilidad.

—Quiero contarle un incidente que me sucedió hace escasas seis semanas.

—Proceda usted, *don Juanito*... —le dije en voz baja, utilizando el nombre con el que, según Rocío me había dicho, lo conocían sus mujeres y sus hijos.

—Hace mes y medio fui a visitar una de mis haciendas. Concretamente La Alpajurra, cerca de Santa Isabel, en las estribaciones de la cordillera de los Nevados. Era domingo, y esa misma mañana había comprado un caballo aquí en Ambalema, con todos sus aperos, para llegar a la hacienda. Debo aclarar que nunca uso la misma bestia más de una vez. Mi idea era venderla y regresar en bus a Puerto Boyacá. La casa grande de la hacienda estaba vacía y no había duda de que por tratarse de un domingo, el mayordomo había bajado al pueblo con la mujer y los *guámbitos* para ir a misa y para hacer el mercadito semanal. Recostado en un chinchorro en la terraza, me puse a analizar el libro del movimiento de ganado, colocado por el mayordomo sobre la mesa del comedor. En este menester vi de reojo, a escaso medio kilómetro, no menos de 40 guerrilleros.

—¿Y cómo sabía usted que eran guerrilleros? —pregunté algo tontamente.

—Identificar a un guerrillero es *mamey*. Hay niñas, hay niños, hay adolescentes imberbes y hay mujeres, y entre los hombres, las barbas y los pelos largos pululan. Las botas de estos bandidos son de caucho, y sus fusiles, de largo alcance. Como pasan la mayor parte del tiempo en bosques húmedos y tienen que estar limpiando las armas, sus fusiles relucen como la plata. A distancia, cuando salen al claro, los helicópteros pueden divisarlos… sus bandoleras son de tela, y usan diferentes tipos de gorras, boinas y monteras. Todo lo anterior permite reconocerlos sin mayor dificultad.

—¿Qué se le pasó por la mente?

—Me invadió el pánico y me sentí perdido… no había forma alguna de salir corriendo. Alguien me había vendido, pues 40 guerrilleros no se aparecen así por las buenas. No entendía cómo me llegaron si nadie —absolutamente nadie— sabía que ese día venía a La Alpajurra.

—¿Y qué hizo? —le indagué con inocultable interés.

—No sé cómo, pero el Espíritu Santo me iluminó. Me quité las botas y me desabroché la camisa y el cinturón. Revolviéndome el pelo, me eché sobre la hamaca, pretendiendo dormir una siesta dominguera.

Los guerrilleros, a los que observaba por el rabo del ojo, fueron desplazándose hasta rodear completamente la casa de la hacienda. Sigilosamente se acercaron, y la cabeza de la cuadrilla se puso frente al chinchorro donde yacía el suscrito. De un brusco puntapié me tiró al suelo mientras me gritaba, ante la risa burlona de los demás guerrilleros:

—"A despertarse, 'huevón', que le llegó la hora de subir al monte".

—¿Debió sentirse usted en ese momento totalmente perdido? —pregunté, cada vez más intrigado.

—Por el contrario... sabía que tenía una remota posibilidad, y estaba absolutamente seguro de salir de ésta. Frotándome los ojos, les dije en voz alta:

—"¡Virgen María Santísima... menos mal son ustedes!"

—El cabecilla de los bandoleros no podía creer lo que estaba escuchando y le preguntó a su lugarteniente:

—"¿Qué es lo que está diciendo este *hijueputa*...?"

—"Así como lo oye, comandante. Este loco *hijueputa* está diciendo que menos mal somos nosotros", —le contestó uno de los guerrilleros.

—"Sí... sí... –les contesté persignándome– por la Virgen María Santísima... menos mal son ustedes. De haber sido el patrón, me hubiera puesto a patadas en la calle. No acepta el descanso ni siquiera los domingos y festivos, y mucho menos que me eche en su hamaca preferida. Tengo una mujercita y seis *guámbitos* a quienes llenarles el buche. Sin este trabajito nos morimos de hambre".

—"¿Y dónde está el patrón?", —me preguntó decepcionado el cabecilla.

—"No sé..., comandante... –le contesté con humildad– debería venir por estos días y por eso, en el primer momento creí que era él".

—El líder de los guerrilleros sacó un papel de su cazadora de tipo militar. En el papel estaban los datos de la hacienda La Alpajurra y la copia de un retrato mío en lápiz. El retrato era pobre, y al haber sido transmitido por fax, estaba muy borroso. Alcancé a verlo por encima del hombro del bandolero y exclamé emocionado:

—"Es él... es el retrato del 'patrón'... es don Epaminondas".

—"¿Pero, dónde diablos está este 'huevón' del tal Epaminondas?", —preguntó con inquina el guerrillero.

—"No sé, comandante, no sé... —le contesté ladinamente— debería pasar por La Alpajurra por estos días y por eso al primer momento pensé que era él. No sabe usted, señor comandante, mi alivio al saber que sólo son ustedes... bendito sea mi Dios".

"Pero, viéndolo bien, si no fuera por el bigotico, gran 'huevón'... —me dijo con cierta sorna el guerrillero—, te pareces al 'patrón'".

—Se me heló la sangre. Tuve, sin embargo, la suficiente presencia de ánimo para soltar una carcajada y decirle:

—"Sí... sí..., comandante. Los peones a veces se aterran cuando me ven. Una vez –en otra de las fincas del 'patrón'–, el mayordomo empezó a presentarme las cuentas de las ventas de ganado. Ya quisiera el cielo que tuviera yo la centésima parte de la fortuna del 'patrón'".

—La ausencia de lujos, de armas, de guardaespaldas y de cualquier vehículo, la pobreza del único caballo, añadido a mi poca presencia y a la inocultable modestia de mis atuendos, poco campo les dejaba para pensar que tenían por delante a Epaminondas Gutiérrez.

—"¡Por lo visto no nos tocó la suerte de agarrar a este 'cabrón'...", —vociferó el líder de los guerrilleros, —"...mejor descansemos un rato y nos soplamos unos aguardienticos antes de regresar al monte".

—"*Caraeperro*, saque el *guaro*", —le ordenó el lugarteniente a uno de los guerrilleros.

—A medida que chupaban aguardiente, los bandidos iban relajándose.

—"¿Oiga, 'huevón', y cómo se apoda usted?", —me preguntó el jefe.

—"Apecides... sumercé... Apecides Morantes, a su servicio."

—"¿Y de dónde viene?"

—"de Sutamarchán, comandante"

—"¿Y por qué le *tiembla el culo* con la llegada del 'patrón'?... ¿lo maltrata?"

—"No es eso, comandante... es que el patrón quiere que todos, incluido él mismo, seamos bestias de trabajo. Si alguien es holgazán, de una patada lo coloca a uno en el asfalto. Y es que por mi lado, comandante, tengo muchas bocas que me toca alimentar...", —le contesté ladinamente.

—"Todos esos *hijueputas* oligarcas son así. Explotan al pobre campesino hasta desangrarlo, y cuando no les sirve, lo botan a patadas".

—Me entretuve oyendo taimadamente la conversación del cabecilla con una de las guerrilleras:

—"¿Será que a ese 'cabrón' de Gutiérrez nunca vamos a agarrarlo, jefe?", —le preguntó la guerrillera.

—"Por el contrario, Yahaira. Las posibilidades de agarrarlo son bastante altas. El contador de ese *hijueputa* trabaja para nosotros, y nos dio la lista de las 47 haciendas de Gutiérrez, con su localización exacta. Parece haber sido un poco más complicado armar el retrato hablado. Tocó secuestrar a un especialista de la policía y encerrar al *hijueputa* del contador con el 'pelotudo' del especialista durante tres días, para sacar el retrato".

—"¿Y por qué nos mandaron hoy a La Alpajurra para agarrar a ese 'cabrón'?"

—"El secretariado en La Uribe les dio órdenes a 15 frentes en todo el país de enviar 47 columnas exactamente el mismo día a las fincas de Gutiérrez. El contador tiene la certeza de que en esta época del año, Gutiérrez se dedica a visitar sus haciendas y aprovecha el verano para visitar las del Magdalena Medio… y por eso tenía mucha ilusión de encontrarlo aquí".

—"¿Pero entonces es probable que lo agarre otra columna?", —preguntó la guerrillera.

—"No me cabe la menor duda…", —respondió el bandolero— "en esta ocasión, el 'cabrón' no se escapa. Es la mayor operación de secuestro organizada por la guerrilla en sus 40 años de historia. De esta no se escapa ese 'huevón', y lo tendremos esta misma semana en el cambuche del *Mono Jojoy*… lástima que no seamos nosotros los que cojamos a ese *hijueputa*."

—Después de beberse unas cuantas botellas de aguardiente y dos botellas de whisky sacadas del armario del 'patrón', los guerrilleros se alistaron para regresar al monte. El cabecilla sacó un fajo de billetes y me lo entregó diciendo:

—"Coja esta platica y cómprese más traguito antes de que el *hijueputa* de su 'patrón' lo cape al creer que fue usted el que se lo sopló… el resto es para comprarles a los *guámbitos* cualquier carajada, y disculpe por el sustico."

—Los guerrilleros se subieron al monte. Sin ser creyente, lo mínimo que podía hacer en ese momento era rezarle una breve oración a la Virgen María Santísima —explicó Gutiérrez.

—Esta es la historia más estrafalaria que he oído en mi vida… –observé– pero, siendo usted un hombre reservado al extremo, cuidadoso y discreto, ¿por qué me cuenta esta historia que muy seguramente saldrá a la luz pública?

—La razón es muy sencilla. Muy pocas personas han logrado engatusar y embaucar a estos bandidos, y verdaderamente me siento muy orgulloso de dejarlos ante el país no sólo como unos pícaros, sino como unos verdaderos idiotas. No se puede subestimar la brutalidad de la guerrilla, pero tampoco sobreestimar lo brutos que son… —contestó Gutiérrez.

ARRIEROS

A un arriero nunca le falta el carriel para cargar la camándula, un tabaco, la libra de panela para aguantar el camino, un cristo y una libretica para llevar las cuentas. Casi todos llevan adicionalmente la estampa de su devoción, un ungüento para curarse de las mordeduras de serpiente, uno contra las maldiciones de las brujas, y el escapulario entre pecho y espalda al que, en los malos ratos, se aferran con gran devoción.

Y además del poncho, el sombrero aguadeño y las alpargatas atadas con látigos al tobillo, los arrieros llevan, a la izquierda de la cintura, la vaina con la peinilla o el machete, y a la derecha, una navaja para herrar las bestias, un cántaro con agua para beberla con la panela raspada, una vara de hierro para salir de apuros cuando la pata de la mula se atasca entre el barro o las piedras, y el zurriago, un palo de guasco con flecos de cuero para arriar el animal. El zurriago es el arma y al bastón de los arrieros.

Carrieles de arriero los hay de todas partes… sampedreños, envigadeños, yarumaleños, titiribistas, sopetreños, jericoenses y fredonenses. Los puristas sostienen que los únicos carrieles son de Envigado o de Jericó y de piel de nutria. El de los oligarcas, entre los arrieros, tiene 18 bolsillos públicos, seis privados y ocho secretos. Fue en uno de esos bolsillos secretos en donde a un famoso arriero, Luciano Peláez, con 23 hijos y tres esposas, le encontraron las cartas de la novia envueltas en una novena de San *Pacho* de Asís, entre un jabón 'barrigón Varela'.

Lo que para muchos es un enigma... en realidad es muy sencillo. La fortaleza y la fertilidad de la raza de los arrieros se debe a la trilogía culinaria compuesta por los frisoles con chicharrón y garra, la arepa y la mazamorra, todo bañado con generosas dosis de *agua'diente*.

Los arrieros paisas son graduados de la única y verdadera universidad de Antioquia, conocida formalmente como la Feria de Ganados de Medellín. El arriero, sea donde sea, esté con quién esté, es esencialmente honesto. Pero en negocios de ganado y de caballos le es lícito embaucar al potencial comprador, al 'pichón' o al 'marrano', utilizando todos los métodos fraudulentos a su alcance.

Tanto los Zuluaga como los Zapata, los protagonistas de nuestro cuento, eran arrieros de pura cepa, de carriel, ruana y camándula... tan arrieros como don Alejandro Ángel y Vidal Obando, el arriero del general Uribe Uribe.

No hace muchas lunas, un pequeño proyecto de arriero, Emiliano Zapata, estaba más emocionado que una garrapata en el ombligo. Su abuelo, Gamaliel Zapata, prometió llevarlo a la Feria Ganadera de Titiribí, la tierra del 'ñito' Restrepo y de la mina del Zancudo, que enriqueció a la mitad de Antioquia. Emiliano nunca había bajado mas allá de Fredonia, donde los Zapata tenían una pequeña finca de engorde de novillos, en la vereda Peralonso.

En innumerables ocasiones, Emiliano había escuchado hablar de Titiribí; las calles asfaltadas; luz eléctrica por doquier; teléfonos en todas las tiendas; carros, buses, motocicletas y todo tipo de vehículos mecánicos. En fin, todo un mundo misterioso, difícil de imaginar para el carajito de 12 años.

Si algún hombre dejaba ensimismado a Emiliano era su abuelo Gamaliel, a quien miraba como el arriero más astuto de Antioquia. Su abuelo, para Emiliano, era la esencia de la berraquina, sustancia que sólo prospera en los territorios abonados con frisoles, arepa, *hogao*, mazamorra y *agua´diente*.

* * *

Otros arrieros, los Zuluaga, tenían una pequeña cría de caballos a escasos tres kilómetros de Salgar. Los Zuluaga tenían otro diminuto arrierito, Jacinto Zuluaga. Su abuelo, Gildardo Zuluaga, le había propuesto que lo acompañara a la Feria Ganadera.

El solo hecho de que todo el mundo en Titiribí tuviera por lo menos un par de zapatos, para un muchacho que sólo había tenido un par de alpargatas, y de que algunos filipichines anduvieran con teléfonos dizque celulares, parecía algo inimaginable. Jacinto no sospechaba que tanta fábula pudiera existir, y todavía no estaba seguro si estaba soñando con el viaje.

* * *

Gamaliel Zapata se hacía la ilusión de poder matar un par de pájaros, de una misma pedrada, en el viaje a Titiribí. Por una parte, la familia Zapata atravesaba una situación económica difícil. La temporada de lluvias se había prolongado. Los potreros estaban convertidos en unos barrizales y el pasto para el ganado comenzaba a escasear. Gamaliel no había podido engordar sus reses para venderlas en la plaza de mercado de Fredonia. Pero la Feria de Titiribí le daría oportunidad de emplear unos viejos trucos de arriero. Si encontraba un 'marrano' apropiado, Gamaliel estaba seguro de poder hacer un negocio redondo. Por otra parte, Emiliano ya tenía edad de saber que los hombres del campo deben ser no sólo machos sino también recursivos, y el joven arriero tendría en su día, que encontrar sus propios 'marranos'.

* * *

Para Gildardo Zuluaga, la Feria de Titiribí no ha podido llegar en un momento más oportuno. La sequía por la que estaba atravesando el suroeste antioqueño, en especial las sabanas del río Cauca, era la más intensa que se recordara. Los Zuluaga eran arrieros de Jericó emigrados con motivo de la violencia de los años 50. Gildardo se dedicaba a la cría de potros porque las bestias requerían menor inversión en aquellos tiempos en que el billetico era tan escaso como eluso.

Gildardo no había podido evitar el deterioro de sus potros a causa del estiaje y la aridez de los suelos, y en ese estado le sería imposible negociarlos en la plaza de Fredonia. Los negociantes de caballos de la zona eran resabiados a morir. Pero en Titiribí, y en especial durante la Feria, la cosa podría ser harina de otro costal. Gildardo estaba seguro de encontrar allí un 'pichón' con el cual negociar.

* * *

Las preparaciones para el viaje de Gamaliel y Emiliano comenzaron 10 días antes del evento. Su compadre Rosendo Paéz, generosamente les ofreció su viejo y algo destartalado camión, en el cual podrían transportar 10 reses. Gamaliel escogió los 10 novillos menos afectados por el invierno y los colocó en el establo. Con un cepillo y un balde de agua, Emiliano inició la labor de limpieza para que el ganado de su abuelo fuera el más reluciente de toda la Feria. Gamaliel ordenó a su nieto doblarles a los animales la ración de pasto y de sal con un poco de miel en la canoa, pero eliminarles poco a poco el consumo de agua. Le dio instrucciones al carajito, igualmente, de echarle cenizas del fogón de leña a la sal, en una proporción de una pinta de ceniza por cada 10 kilos de sal. El arriero sabía que las cenizas les mejorarían la calidad del pelo y, de paso, durante el viaje serviría de repelente para las moscas, los nuches y las garrapatas.

—Pero abuelo, no será que con poca agua se nos echan a perder del todo los animales? —preguntó el chico.

—No te preocupes… —le contestó el viejo— ya sabrás después por qué te lo digo…

* * *

Gildardo acudió a donde su compadre Abigail Velázquez, el dueño de la empresa de transporte de Fredonia, para solicitarle en préstamo el camión en el cual transportaba todas sus mercancías.

—No hay el menor problema, compadre. Lléveselo usted con toda la confianza… —le dijo el transportador.

El abuelo y su nieto escogieron los 10 potros mejores y procedieron a llevarlos a ese remedo de caballerizas en donde Gildardo sacó de su carriel tiza, aceite de pata, un líquido viscoso parecido al alquitrán y unas gigantescas herraduras de plomo y cobre.

—Quiero, Jacinto, que a cada potro oscuro, en la mañana y en la tarde, lo lustres intensamente con este líquido, desde la jeta hasta las herraduras. A los claros me les echas tiza y a todos, durante los tres días anteriores al viaje, les frotas este aceite de pata en las crines. Finalmente, a todos me les cambias las herraduras por estas que te estoy entregando…

—¿Y por qué hacemos esto, abuelo?

—Ya te contaré, ya te contaré…

* * *

La noche anterior a la salida para la Feria, Emiliano no podía dormir de la emoción. A las 5 de la mañana ya estaba el campesino en el establo preparando los novillos para el embarque en el camión. El ganado estaba impecable debido a los cuidados que el pequeño le había dado durante los últimos días. Sin embargo, los novillos habían perdido peso a causa de la suspensión total del agua. Emiliano siempre creyó que al ganado antes de venderlo se le daba más agua, pero el abuelo había ordenado exactamente lo contrario.

—Has hecho un trabajo el berriondo, patojo. Los animales están con berraquina —le dijo Gamaliel a su nieto, cuando entró al establo con el vehículo para embarcar los novillos con destino a Titiribí.

—Pero ¿no están como muy flacos? —le preguntó el pequeño a Gamaliel.

—Ya te he dicho que no te preocupes, Emiliano. Que tu abuelo sabe lo que está haciendo… —le contestó— más bien ayúdame a encajonarlos en este 'trasto' para el viaje.

El viejo, con la ayuda del muchacho, en breves minutos colocó los novillos en el camión.

* * *

Jacinto Zuluaga llegó al remedo de caballerizas antes de las 4 de la mañana, para lustrar por última vez las bestias antes de la partida. El betún del abuelo era la verraquera. Aquellos potros, que a causa de la sequía parecían unos carcamales marchitos, esa mañana relucían como nunca. No obstante las órdenes del abuelo de doblarles el consumo de agua y de pasto, los potros todavía no habían recuperado su vitalidad, menguada por el interminable verano.

—Jacintico, mijito —le dijo el abuelo cuando llegó a recoger a las bestias y vio el increíble lustre de la piel— has hecho un trabajo el berriondo.

—... pero me temo que siguen bastante como achicopaladitas. Si tuviéramos cuatro semanas más, con buen pastico las tendría la verraquera.

—No te preocupes, chino, que de eso se ocupará tu abuelo.

* * *

Al romper el día, emprendieron el abuelo y el muchacho el trayecto de cuatro horas a Titiribí, donde ya el invierno había terminado. La primera parada fue en la sede de la Caja Agraria de Fredonia, donde trabajaba su sobrino Rómulo Zapata.

—A ver tío, ¿en qué puedo ayudarte...? —le preguntó el dependiente cuando lo vio entrar.

—¿Por qué no me fías un par de sacos de sal mineral, Rómulo...? —le preguntó Gamaliel a su sobrino— ... te los pagaré al regreso de Titiribí.

—No hay ningún problema... —respondió el almacenista, que no dudaba de la honestidad de su tío en cuanto a sus deudas— pero ¿por qué la necesitas cuando vas camino a Titiribí? Más bien te los entrego cuando vuelvas, y vayas de regreso a la finca.

—No, Rómulo. La necesito ahora...

—...Tranquilo, tío, no hay problema. ¿dónde pongo los sacos?

—Aquí no más en el camión... —le respondió Gamaliel.

—¿Y sí me va a dejar de herencia ese hermoso carriel?

—Ya veré... ya veré... picarón...

Camino a Titiribí, el arriero y su nieto descansaron un rato en la cascada de Caño Canoas, una de las caídas de agua más hermosas de Colombia. Después pasarían por el Caño Culebra, donde el agua forma contra las rocas y la vegetación más de cinco colores.

* * *

Antes de las 7 de la mañana, ya tenían Gildardo y su nieto acomodadas las bestias en el camión del compadre Abigail. Gran parte del trayecto de tres horas sería por las vegas del río Cauca.

Los viajeros se detuvieron en la tienda de abarrotes del *indio* Jiménez, el mayor comerciante y contrabandista de Fredonia.

La tienda del *indio* se distinguía por un enorme letrero que decía:

"SÍ FÍO, PERO SOLAMENTE A LOS MAYORES DE 90 AÑOS QUE VENGAN ACOMPAÑADOS DE SU ABUELITO COMO FIADOR"

—A ver, don Gildardo, qué me lo trae por aquí tan madrugado? —le preguntó el tendero al arriero.

—Nada, *indio*. Vamos camino a Titiribí. Por qué no nos das aguapanelita *pa' que* se vaya embolatando *l'hambre* y nos vendes media libra de ají-pajarito rojo y unos granitos de jengibre.

—Con mucho gusto, patroncito —le respondió cariñosamente el comerciante—, el ají-pajarito, ¿del bravo, o el de diario de los asados?

—El más bravo que tengas, *indio*, que mucho me va a servir —le dijo el arriero al tendero.

—Aquí lo tiene, *sumercé*... manéjelo con cuidado porque este ají-pajarito revive a un muerto... y es que lo he dejado asoleado entre las 11 y la una de la tarde para que penetre hasta los cachos. *Vusté* se lo mete... —le agregó el tendero a Gildardo, entregándole el paquete— allá donde la cola limita con la bragueta.

Se tomaron la aguadepanelita, le pagaron al *indio*, se metió Gildardo en uno de los bolsillos secretos de su hermoso carriel el ají-pajarito y los granos de jengibre, y siguieron camino a la Feria de Titiribí.

* * *

El camino de Fredonia a Titiribí es uno de los paisajes más hermosos del país. La carretera, a causa de las interminables lluvias, estaba en un estado deplorable, y por ello Gamaliel conducía con prudencia.

Tanto el abuelo como el joven se pasaron el tiempo cantando rancheras por las cuales Gamaliel tenía especial predilección. Precisamente a su nieto lo bautizaron Emiliano Zapata en honor al revolucionario mexicano.

A escasos dos kilómetros de Titiribí, el abuelo tomó un abrupto giro a la izquierda, por un inclinado y serpenteante camino de piedra.

—Pero abuelo, si la señal dice que la carretera a Titiribí es por la derecha —le reclamó el muchacho a su abuelo.

—Lo sé Jacinto, lo sé… —le respondió el arriero— pero tenemos que hacer una diligencia antes.

A 300 metros de la carretera central, el arriero y su nieto se detuvieron en una espectacular laguna.

* * *

Todos los ríos y quebradas en el trayecto de Fredonia a Titiribí tienen puentes. El viaje era un 'paseo'. En Titiribí el verano había menguado, según algunos arrieros que pasaron por Fredonia.

De vez en cuando, tanto el abuelo como el nieto reían y cantaban alegres joropos y el abuelo relataba sus aventuras en Urabá en busca de potros salvajes.

Ya en las puertas de Titiribí, Gildardo tomó un desvío de la carretera principal.

—Pero abuelo, ¿no tenemos que llegar directamente a la Feria?

—Sí, Jacinto, sí —le contestó el arriero a su nieto— pero, de lo que no hay ni vainas, tenemos que hacer un trabajito antes de llegar. Gildardo paró el camión al borde del camino, fuera de la vista de cualquier curiosillo.

* * *

Gamaliel le explicó a su nieto que le darían de beber al ganado en la laguna.

"Por fin entró en razón el viejo"... pensó Emiliano.

Aquellos novillos casi se enloquecen al poder tomar agua nuevamente. Parecía que fueran a beberse toda la laguna. El arriero y su nieto difícilmente podían controlar las reses.

—A ver, Emiliano, por qué no me alcanzas la sal... —le ordenó Gamaliel a su nieto, señalando los costales en que traían la sal mineralizada— a medida que las bestias descansen, les pasas una manotada de sal.

Emiliano no podía creer la transformación de los novillos. En la finca de Peralonso habían embarcado un ganado impecable, pero prácticamente desfallecido. En cuestión de minutos, estas reses estaban inflándose con el agua, como por arte de magia. Mientras más sal se les daba, más agua bebían. Parecía un ciclo interminable. Sal, agua, sal, agua...

"Sin duda mi abuelo es el hombre con más berraquina del universo", pensó Emiliano. A los 30 minutos, los novillos eran los animales más gordos y hermosos jamás vistos por el muchacho. Cada uno había ganado por lo menos dos arrobas de peso.

—Eres un 'ojodiáguila', abuelo.

—Ya te lo dije, Emiliano, tienes que confiar en mí. De aquí ya sólo queda encontrar el 'marrano' en la Feria —le contestó el abuelo.

La admiración de Emiliano por su abuelo no tenía ya límites.

* * *

Gildardo se bajó del camión y dio una vuelta a los alrededores, para asegurarse de que ningún parroquiano se encontrara rondando por ahí.

—A ver Jacinto, pásame el ají-pajarito y el jengibre que le compré al *indio* —le dijo el abuelo a su nieto, señalándole el carriel.

El muchacho le entregó a su abuelo el paquete con el cual se montó al camión y uno a uno le fue poniendo a las bestias un poco del ají-pajarito, tanto en el hocico como en la grupa y en las ancas y como recomendó el indio: allá donde la cola limita con la bragueta. Los granos de jengibre pensaba ya dentro de la Feria colocarlos en las posaderas de los caballos, lo cual les haría recoger la cola y mejorar su silueta.

¡Quién dijo miedo! Las bestias, que habían estado hasta ese momento totalmente alicaídas, se convirtieron en unos potros salvajes. Por poco rompen el cajón del camión.

—Bueno Jacinto, rumbo a la Feria que ya lo que llevamos son unos corceles —le dijo Gildardo a su nieto.

—Nunca he visto animales más bravos y verracos —le confesó Jacinto a su abuelo.

El pequeño no podía creer la astucia del truhán de su abuelo. Las bestias oscuras con el betún y las claras con la tiza y con el champú en las crines que les había puesto Jacinto, estaban relucientes como nunca, pero el abuelo logró que aquellos potros mohínos y afligidos adquirieran unos bríos espectaculares.

—Eres un berriondo, abuelo... —le dijo el pequeño a su abuelo, sin poder contener su admiración.

* * *

Ya en los predios de la gran Feria, le dijo Gamaliel a su nieto Emiliano:

—A ver, mijo. Me ayudas a sacar los novillos y ya después te puedes ir a dar una vuelta por Titiribí. Yo ya me encargaré de encontrar un 'marrano'.

—Pero abuelo, ¿qué es un 'marrano'? —preguntó el joven.

—Un 'marrano', Emiliano, es quien nos va a sacar de apuros. No es fácil describir un 'marrano'. *Pu´allá* en Don Matías y en Sopetrán los llaman 'pichones'. Mi padre siempre me decía: "Gamaliel: Cuando veas a alguien con cara de pendejo, con porte de pendejo y con hablado de pendejo, ten un enorme cuidado. Lo más probable es que sí sea un pendejo" —le contestó el abuelo.

—Entonces, ¿un 'marrano' es un pendejo, abuelo?

—No necesariamente, Emiliano. No todos los pendejos son 'marranos', pero casi todos los 'marranos' suelen ser pendejos.

Emiliano no estaba tan seguro de haber comprendido qué era un 'marrano'. Pero lo único que tenía claro en la vida es que su abuelo no lo era.

—Bueno, mijo. Puedes ir a dar una vuelta. Pero en tres horas te encuentras en este lugar para emprender el regreso a Peralonso. Emiliano, sin perder un segundo, salió a conocer la ciudad y a buscar aventuras.

* * *

Al fin llegaron a la Feria Gildardo Zuluaga y su nieto Jacinto.

—Bueno muchacho… ayúdame a meterles estos granos de jengibre y a cambiarles las herraduras, y después puedes ir a conocer la gran ciudad… —le dijo Gildardo a su nieto y le entregó unas nuevas herraduras, tan gruesas y livianas que parecían de plástico— ya se encargará tu abuelo de encontrar el 'pichón'.

—Pero abuelo, ¿qué es exactamente un 'pichón'…? —le preguntó el joven.

—No es fácil explicarte qué es un 'pichón'… —le respondió Gildardo— pero en Medellín se dice que si uno llega a una Feria y en el transcurso de la primera hora no ha encontrado el 'pichón', lo que está pasando es que el 'pichón' es uno mismo… 'pichón' es un avispado venido a menos… es la persona que se le puede vender como gran campeona Holstein de 70 botellas diarias, una vaquita tetimorada, más anémica que una modelito de moda, y con tres ubres de cera, sin que se inmute… Allá en Jericó y en Fredonia a los 'pichones' los llaman 'marranos'.

—Es un zoquete, ¿verdad abuelo…?

—Sí, es una especie de zoquete… —le contestó Gildardo.

—¿Y hay muchos en la Feria, abuelo? —preguntó el muchacho.

—Ya encontraré uno, ya encontraré uno —le aseguró el arriero al pequeño. —Puedes irte de paseo, pero quiero que en tres horas estés aquí de regreso.

El muchacho salió feliz camino a Titiribí, pensando que si alguien en este mundo estaba lejos de ser un 'pichón', era su abuelo.

* * *

Cuando regresó Emiliano, encontró al abuelo montando en el camión unos preciosos animales.

—No puede ser, abuelo, ¿encontraste un 'marrano'?

—¡Que si lo encontré, Emiliano, que si lo encontré...! —le respondió Gamaliel— como puedes ver, hice el trueque de mi vida. El lote de ganado que le cambié tenía más antecedentes penales *que´l* mismísimo *Tirofijo*. En la plaza de Fredonia, dentro de poco me darán el oro y el moro por estos potros.

* * *

Jacinto encontró, a su regreso, a su abuelo empujando unos magníficos animales en el camión del compadre Abigail.

—Por lo visto te fue bien, abuelo...

—Que si me fue bien no es palabra... —le contestó el abuelo a su nieto— con el 'pichón' que me topé, he logrado hacer un cambalache histórico. En Salgar se reventarán de la furia con mi astucia.

"Creo que nadie tiene la suerte de tener a un tahúr como abuelo", pensó Jacinto.

* * *

Gamaliel Zapata estaba encantado. A su nieto le dijo:

—Pobre el 'marrano' con el que me tocó negociar. Cuando llegue el calor, esos novillos van a empezar a mear y quedarán hechos mera fritanga: piel y hueso... Ja, ja, ja... —se reía Gamaliel pensando la sorpresa que se iba a llevar aquel 'marrano' cuando descubriera el engaño.

A Emiliano también le pareció muy divertido aquel cuento, y acompañó a su abuelo con sonoras carcajadas...

* * *

Gildardo Zuluaga no podía contener su satisfacción.

—Menuda sorpresa se va a llevar ese 'pichón' cuando, en pocas horas, las bestias se acomoden a las herraduras livianas, les pase el efecto del ají-pajarito y de los granos de jengibre y que la lluvia borre el lustre del betún y la tiza que les echamos —le comentaba el abuelo a su nieto Jacinto.

"Sí, menuda sorpresa que se llevará aquel 'pichón'", pensaba Jacinto. "Pobre aquel 'arracacho' que tuvo la mala fortuna de cruzarse con mi abuelo".

* * *

Cerca a Fredonia, se descuajó un aguacero torrencial, y Gamaliel le pidió a su nieto ponerle la carpa al camión.

El muchacho hizo lo indicado. Pero a su gran sorpresa, Emiliano no podía entender la razón por la cual aquellos brillantes potros saltones y de cola levantada que su abuelo había recibido hacía sólo unas horas a cambio de los novillos gordos, estuvieran convertidos, con motivo de la lluvia, en unos lánguidos jamelgos.

"Será que al abuelo por atembado lo habrán engañado", pensó incrédulamente el muchacho

* * *

Al entrar a las vegas, se vino una polvareda tremenda. Gildardo le pidió a su nieto Jacinto colocarle al camión del compadre la cubierta.

Cuando Jacinto estaba colocando la cubierta entre un olor espantoso a orines no comprendía por qué esos novillos gordos que al abuelo le entregaron en el cambalache a cambio de los potros, estaban convertidos en unos bovinos casi famélicos.

"¿Acaso es que el abuelo no se habrá dado cuenta...?", reflexionó el pequeño Jacinto.

* * *

Gamaliel Zapata se reía a sus adentros pensando que su nieto Emiliano debía estar alarmado especulando que a su abuelo por atembado lo habían estafado.

Sólo con pasarle la mano por la grupa, Gamaliel notó el betún y la tiza en aquellos potros, y la irritación de las bestias en el hocico, resultado de ají-pajarito. El arriero sabía perfectamente que el betún y la tiza se desvanecerían con la lluvia y, con el paso de las horas, el ají perdería sus efectos. También se percató de que la alzada de las manos y de las patas se debía al reemplazo de unas herraduras pesadas por otras livianas y lo de la cola, a las semillas de jengibre.

No fue difícil para Gamaliel percatarse del raquitismo parasitario y la necesidad de eliminarles los gusanos. "Me es suficiente purgar los potros, especialmente durante menguante, con una mezcla de helechos lechosos y de yerbas amargas para sacarles todas las lombrices. Sin parásitos, estos potros recuperan el brío y la fortaleza en menos de cuatro meses".

No en vano los Zapata habían criado potros en Don Matías durante más de cinco generaciones.

* * *

Gildardo Zuluaga estaba seguro de que su nieto Jacinto notaría la diferencia de peso de los novillos y pensaría que a su abuelo lo habían timado como a un niño.

"Con este calor, ya debieron estos animales mear el agua que les dio aquel arriero", pensó Gildardo.

No le fue difícil a Gildardo Zuluaga establecer en la Feria que a estos novillos aquel 'pichón' los había atragantado de agua esa misma mañana.

"Si lo único lleno que tenían era el buche", pensó el arriero.

Gildardo observó, igualmente, cómo los cascos de estas bestias se estaban desmoronando con la humedad de los potreros debido al invierno.

"Aquel 'pichón', de ganado no sabe nada. Sin duda no se ha dado cuenta de que con los cascos destrozados, no hay forma de engordar un animal" pensó Gildardo "pero en la sequedad del Llano no tendré ese problema".

Desde que los vio, Gildardo comprendió que a aquellos novillos les faltaban proteínas. Probablemente los aguaceros destrozaron las leguminosas, fuente principal de proteínas en los potreros para los bovinos. "Pero aquel 'pichón' poco o nada debía saber de ceba".

Si algo sobraba en las tierras de Fredonia eran las leguminosas. El arriero tenía claridad de que en sus vegas había pega pega, trébol y matarratón suficientes para suministrar el nitrógeno necesario en la formación de la proteína en la carne. Gildardo estaba seguro de que en menos de seis meses podría terminar el engorde para llevarlos al matadero.

No en vano los Zuluaga habían levantado novillos en Jericó durante más de cuatro generaciones.

FUROR

Gonzalo Jiménez, como buena parte de los colombianos de clase alta en los últimos 20 años, vivía entre la efervescencia de la incertidumbre y el sofoco del aburrimiento. Se sentía como una pelota entre las raquetas de la inseguridad y del tedio…

Es el aburrimiento la maldición de las clases pudientes y de las personas afortunadas; los pobres no se aburren… no tienen ni plata ni tiempo.

Pero tenía Gonzalo una sorprendente capacidad de evitar que algo lo agitara. Imperturbable, sereno, calmado, no se dejaba sacar de casillas por nada ni por nadie. Ni se tomaba las cosas demasiado en serio, ni dejaba que la excitante urgencia de nuestro tiempo lo atropellara.

Fue por estas razones por las que, con una serenidad y una ecuanimidad sorprendentes, asimiló la noticia que le trajo su mayordomo, noticia que, por lo demás, hubiera dejado devastado a cualquier otro hombre…

Natividad Pintayo, el mayordomo en la finca de recreo de los Jiménez en La Calera, Los Urapanes, le había solicitado respetuosamente una audiencia esa mañana. Gonzalo le dijo que se viniera a Bogotá, e inmediatamente atendió al campesino boyacense.

—¿Qué nuevas me tiene, Natividad?

—No sé, *sumercé*, no sé como ponerlo... usted sabe cuánto lo queremos a usted y a la familia... —respondió Natividad con esa timidez ladina y taimada de algunos campesinos boyacenses.

—Adelante, Natividad... deje a un lado los cumplidos y cuénteme ya, que necesito salir corriendo a la oficina...

—Con la Tránsito, *sumercé*, creemos... creemos tener el deber de contarle que la señora Sandra todas las semanas pasa tres o cuatro días en la finca con hombres y jóvenes tomando y bailando y encerrándose con ellos en su habitación...

Gonzalo cortó bruscamente al campesino...

—Basta ya, Natividad... cuénteme más bien del terrenito que quiere comprar con Tránsito en Sutamarchán...

—Pues, ahí sigue, *sumercé*... pero el cuñado de la Tránsito no me baja de los 20 milloncitos...

—Cuente con la platica que le pueda faltar para comprar la tierra, Natividad. Esta misma semana Tránsito, usted y los chinos van a instalarse en la finquita de sus sueños en Sutamarchán. Hable con Cresencio Landínez, el contador, para que mañana mismo le entregue la plata y le haga la liquidación con todas las de la ley, doblándole la indemnización, por despido injusto... Sólo hay una condición: Para efectos de la señora y de los niños usted renunció a su trabajo para regresar al pueblo... ¿me entiende?

—Mi Dios lo bendiga, *sumercé*... y se hará como *sumercé* ordene —contestó, agradecido, el campesino, al haberle dado el patrón la oportunidad de tener la tierrita de sus sueños, y sorprendido por el despido... con infinita cortesía, pero de todas formas, despido...

Educado a la antigua, frío y calculador, para Gonzalo Jiménez era un imperativo social el no discutir con un sirviente las actividades lúdicas —y mucho menos las sexuales— de su esposa.

Necesariamente Jiménez quería recompensar la fidelidad del mayordomo y su esposa. Darle la plata para que pudiera comprar la finquita de sus sueños en Boyacá era la manera más directa de agradecerle al campesino su lealtad.

Pero, en forma simultánea, Gonzalo no podía darse el lujo de tener un sapo a su servicio. Hoy traicionaba a Sandra. Mañana lo traicionaría a él. Al darle los medios al mayordomo para comprar su propia finca, automáticamente salía de un sapo... sapo fiel pero, en últimas, sapo...

Durante varias semanas –dentro de las cuales visitó subrepticiamente Los Urapanes donde, con infinita tristeza confirmó la desagradable veracidad de los informes de su mayordomo– Gonzalo Jiménez meditó sobre qué pasos podía y debía tomar.

Hombre de mundo, conocedor de las debilidades humanas, Jiménez se puso a la tarea de entender la razón por la cual su mujer –inteligente, desparpajada y tranquila– estaba poniéndole los cuernos. Y no en forma ocasional... Sandra le ponía los cachos sistemáticamente. Sandra Lozano de Jiménez se había convertido, ni más ni menos, en una ninfómana.

"¡Carajo, pero qué resistencia y qué brío tan 'berracos' los de esa mujer!", musitaba para sí mismo, con cierta admiración, Gonzalo, al ver a su esposa pasarse por las armas a ocho caballeros en un solo fin de semana.

Hombre de fino y cáustico humor, en un principio se le ocurrió a Gonzalo demandar a los fabricantes de espejos. Tenía la certeza de que medio Bogotá estaba enterado de las andanzas de Sandra. Él, que todos los días se miraba detenidamente en el espejo, era el único que no veía sus propios cuernos. Temía, sin embargo, que la demanda no prosperara... la contraparte lo acusaría de tener visión defectuosa, y tendría que contrademandar a su amigo Alejandro Arciniegas en la Barraquer...

Descartada tan peregrina idea, a la única persona a quien Gonzalo Jiménez le comentó la trama que se urdía en su hogar fue a su íntimo amigo, Gabriel López, quien le dio una explicación tan razonable como sensata. López, médico de profesión, había abandonado la medicina para dedicarse a la carpintería y a la mecánica, ocupaciones que encontraba mucho más agradables.

—A Sandra le está ocurriendo, mi querido Gonzalo, lo que vulgarmente se denomina 'furor uterino', o una explosión descontrolada de feromonas. Es, de alguna manera, una de las variantes de la ninfomanía, con dos profundas diferencias: la primera, es un desorden de tipo hormonal, esencialmente temporal. La segunda, contrario a las ninfómanas que no obtienen ningún placer sexual en sus relaciones, aquellas que padecen el 'furor uterino' logran en casi todos sus encuentros tener múltiples orgasmos.

—Pero ¿por qué le sobrevino este 'furor uterino' o explosión de feromonas? —preguntó, con algo de preocupación, Gonzalo.

—Los desórdenes hormonales en las mujeres siguen siendo un misterio para la ciencia médica. El denominado 'furor uterino' puede ocurrirle a la mujer más casta y virtuosa, como sin duda es Sandra. Llega y desaparece sin avisar, y tengo la certeza de que ella misma regresará a la vida normal sin haber entendido exactamente lo que le ocurrió. Las feromonas son secreciones producidas por la piel, que a través del olfato conducen a disparar un incontrolable deseo sexual.

Gonzalo Jiménez quedó profundamente impactado con las palabras de su amigo. Aceptó que sus cuernos eran más el producto de un accidente hormonal que de una traición deliberada, y entendió que sus enormes cachos eran casi inevitables, pero que no necesariamente tenía que soportarlos con cristiana resignación. La imperturbabilidad y la ecuanimidad tienen sus límites.

Gonzalo caviló durante varias semanas planeando una deliciosa y medianamente inofensiva venganza mientras, simultáneamente, adelantaba sus avances románticos a aquella preciosa suiza que su mujer había traído de Lausana, como preceptora de sus hijos.

Fuera cual fuera la razón de las infidelidades de su mujer, Gonzalo Jiménez tenía clara la venganza. El amargo sabor de la represalia dura mucho menos que la azucarada sensación de sentirse vindicado. No en vano, a través de los siglos se ha afirmado que la venganza es dulce.

Para lograr sus objetivos, aparte de redoblar las galanterías y los regalos a Marie Josèphe, la hermosa europea encargada de sus hijos menores, galanterías y regalos que muy pronto surtieron el efecto deseado, Gonzalo tomó como cuartel de operación la pequeña casita de los mayordomos en la finca de La Calera, con una vista sin obstrucciones sobre la casa principal.

No fue difícil explicarles a Sandra y a los niños que Tránsito y Natividad renunciaron para regresar a Sutamarchán, y que la finca sería atendida por otra pareja de La Calera mientras encontraban otros mayordomos permanentes. Sandra aceptó encantada la nueva situación, pues siempre albergó ciertos temores sobre la fidelidad de los anteriores caseros.

Gonzalo recordó con fruición un detalle que había en el aeropuerto de Schiphol en Ámsterdam, en uno de sus frecuentes viajes a Europa. Los orinales de los baños públicos tenían una mosca pintada cerca al centro del orinal. La reacción natural de los hombres es tratar de asustar y, preferiblemente ahogar, la mosca, al dirigir el chorro a este objetivo. Los baños del aeropuerto permanecen bastante más aseados al concentrar los usuarios la emisión enteramente dentro del orinal.

El objetivo de Gonzalo era el inodoro del cuarto principal de Los Urapanes. Le pidió a Gabriel López que le hiciera una mosca de metal, tan perfecta que pasara por una de verdad, en la cual le pudiera conectar un cable casi invisible. Lo que pretendía Jiménez era darle un electro-susto a los amantes de su esposa.

La operación era muy sencilla. Con López hicieron las instalaciones eléctricas para activar la mosca desde la casa de los mayordomos. El proyecto contemplaba transmitir una descarga eléctrica de 50 voltios en un amperaje de 110 miliamperios, a las alas del insecto una vez el 'lotario' descargara el chorro de orines contra la mosca.

La descarga eléctrica era absolutamente inofensiva, pero el susto y el salto que pegaban los amantes de Sandra era un espectáculo. Gonzalo y Gabriel instalaron una diminuta cámara de video en el baño y se desternillaban de la risa al ver el atortole y el pánico con que defendían su 'instrumental' los *don juanes*, y la absoluta reticencia por parte de ellos a continuar las acrobacias sexuales, a pesar de las insinuaciones de Sandra. Es más, prácticamente todos procedían a vestirse y a despedirse en el curso de los siguientes 15 minutos y ninguno volvió a Los Urapanes. Los hombres, sencillamente, no juegan con nada que pueda poner en peligro su 'armamento'. Es un milagro que el género masculino haya aceptado con docilidad las cremalleras.

Pero el verdadero objetivo de Gonzalo Jiménez era otro... otro mucho más refinado y sofisticado.

Durante las largas conversaciones que sostenían Jiménez y Gabriel en la espera de meterle el electro-susto a los 'lotarios', Gonzalo se interesó por las sustancias que actuaban a la inversa del viagra. Es decir, aquellas cuyo efecto era el suprimir la libido hasta el nivel de hacer desaparecer el apetito sexual.

Gabriel López le explicó a Gonzalo las minucias del Viagra genérico o el citrato de sidenafil, que hoy día era fabricado por un buen número de laboratorios en Colombia. Pero el tema del supresor de la libido era un poco más complejo:

—La idea es que diferentes concentraciones de clorhidrato de fluoxetina, norfluoxetina y dimeticona pueden lograr este objetivo, siendo ellos los principales ingredientes del Prozac. La fluoxetina bloquea la captación de serotonina en las plaquetas humanas…

—No entendí un carajo, Gabriel…

—¿Pero en qué estas pensando Gonzalo? —preguntó el médico.

—En que Sandra, por medio del lápiz labial que se aplica cada 15 minutos –ya que es la mujer más pretenciosa del mundo–, les pase, cuando la besen, una dosis suficiente de antiviagra para que a los 'lotarios' se les esfume en forma definitiva, por lo menos con Sandra, el apetito sexual.

—No es un tema fácil… —contestó el galeno.

—Eso lo tengo claro… y mi idea es ir aumentando de manera paulatina las dosis, como se hace con los venenos. Al ser las pócimas administradas en pequeñas porciones, el cuerpo va creando resistencia hacia prácticamente cualquier tóxico. De alguna manera Sandra seguiría con su 'furor uterino' y su explosión de feromonas, pero sus amantes quedarían con muchas más ganas de comerse un sándwich de pernil… que comerse a Sandra…

—Me parece sensacional la idea... pero tenemos que ser inmensamente cuidadosos en las dosis...

—No te preocupes, mi viejo... —le manifestó Gonzalo— un viejo colaborador de la empresa, Isidro Galíndez, montó una pequeña fábrica de cosméticos y me ha enseñado a fabricar coloretes. Ya me llegó todo el equipo de laboratorio, y desde París me enviaron cerca de 100 lápices labiales de los que usa Sandra.

—¿Y cómo diablos haces un colorete...?

—La fórmula del lápiz labial que usa Sandra me la suministraron unos químicos amigos nuestros en Lausana. Son capaces de replicarte cualquier perfume o cosmético. El envase completo, incluida la tapa, pesa 18,5 gramos, y el colorete en sí, sólo pesa tres gramos. El proceso es muy sencillo, pues se mezcla en forma homogénea aceite mineral, ya sea vaselina o lanolina, con cera de abeja microcristalinizada, pigmento rojo vivo y la fragancia especial que enloquece a Sandra. Todas estas sustancias, a elevada temperatura se mezclan, se vierten en un molde, se enfrían y se colocan en el envase de plástico del cual, con mucho cuidado, he removido el colorete original...

—¿Y qué piensas hacer...?

—El trabajo va a ser absurdamente dispendioso, pues tienes que formularme las cantidades de fluoxetina que se requieren para apaciguar el apetito sexual de los amantes de Sandra, y la dosificación adecuada que tengo que incorporar en los coloretes para que la misma Sandra sea inmune a los efectos de la fluoxetina...

—Tienes que ser inmensamente cuidadoso en el aumento diario de las dosis durante seis semanas...

—No existe el menor problema... con la balanza electrónica se pueden medir cantidades tan pequeñas como una centésima de miligramo...

—En ese caso, durante 45 días vamos aumentando las dosis incorporándoles gradualmente a los 45 lápices labiales un 'pelín' más de un miligramo diario, hasta llegar a los 50 miligramos de fluoxetina suficientes para lograr tus objetivos...

A la séptima semana, la venganza surtió efectos maravillosos... Una vez los amantes empezaban a ser abrumados por los apasionados besos de Sandra, se inhibían con una rapidez sorprendente, y encontraban todo tipo de excusas para no tener relaciones sexuales...

Gonzalo y Gabriel no podían contenerse de la risa. Jamás llegaron a prever el éxito tan rotundo de su temerario proyecto...

Gonzalo, además, había logrado conquistar a la suiza, y llevaba una deliciosa relación sexual con Marie Joséphe, la institutriz de sus hijos. El amor redescubierto por una veinteañera... el secreto... y la complicidad, le permitieron volver a gozar íntegramente de la vida. Le perdió el miedo a perder su fortuna, ese miedo que impide que la mayoría de los hombres ricos disfruten su dinero.

Pero todo en esta vida llega a su fin...

A los tres meses del noviazgo entre Gonzalo y la bella suiza, Marie Joséphe dejó de tener relaciones con Gonzalo, y una semana después abandonó Bogotá sin previo aviso. Regresó a Lausana a donde sus padres.

Gonzalo quedó devastado. No entendió qué había pasado.

A los 15 días de haberse ido Marie Josèphe, recibió un correo electrónico de su novia:

"Mi adorado protector:

No sabes lo triste y aburrida que me encuentro. Volver a Suiza después de la vorágine que es Colombia es un *shock*.

Con el corazón en la mano te abandoné, y a pesar de sentir por ti un amor infinito, dejé de alguna manera de desearte... perdí, no sé por qué razón, el apetito sexual. Y sin este amor físico, mi vida se convirtió en un infierno.

A los niños les das todos mis recuerdos y espero que los mandes a estudiar a Suiza algún día, para poder volver a verlos... Me hacen una falta espantosa.

A tu mujer le expresas mis respetos y le das un fuerte abrazo de mi parte...

De tus cosas no me traje nada... lo único que de alguna forma me apropié fue una ruana de tu hija Isabel y uno de los estuches de cosméticos de tu mujer...

Te ruego se los repongas.

Te amo,

Marie Joséphe"

Sandra, de la noche a la mañana, paso del libertino y desaforado furor a la anorexia sexual.

LA BOTELLA DE VINO

Aquel 31 de diciembre, Beltrán Hoyos despertó enervado. Tener que interrumpir sus vacaciones de por sí era una afrenta, pero tener que pasar el 31 sin su familia, cenando con una caterva de usureros y con sus invitados, era, más que un atentado a la moral... una afrenta a las buenas costumbres.

Esa mañana, Beltrán rumiaba en las cobijas sobre las fallas protuberantes de todos los sistemas de educación. A todo el mundo se le enseñaba a subir y a bajar escaleras; pero a nadie se le enseñaba a subir y a bajar las escaleras más peligrosas de todas: las sociales. Cuántas bajezas había visto Beltrán cometer a los trepadores en trance de ascender... y cuántos crímenes por parte de aquellos que se resisten a bajar.

Las petulancias ridículas, las ínfulas extravagantes y los grandes conflictos sociales se presentan en todas las personas, las familias, las clases sociales y los países que ascienden o descienden.

Beltrán hacía memoria de una mujer de infinita sabiduría, aquella que le dio un consejo a una modelito de enormes pechos de silicona en su fulgurante ascenso por la pasarela: "Sé amable, cariño mío, con todos los que encuentres cuando estés subiendo las escaleras... porque puedes tener la certeza de que vas a encontrártelos cuando estés bajándolas".

Al menos su íntimo amigo, Genaro Restrepo, ante la imposibilidad de conseguir cupo en un avión comercial, se había tomado la molestia de alquilar un pequeño avión ejecutivo para llevar a Beltrán, esa misma mañana, a Bogotá.

Genaro Restrepo estaba angustiado. La venta de su empresa se tenía –por razones fiscales– necesariamente que cerrar antes de fin de año, y Restrepo no se atrevía a mover un dedo sin la presencia de Beltrán, quien era, más que su abogado, más que su asesor financiero, su amigo. No vender la firma podía significar, tanto para Genaro como para Beltrán, la posibilidad, remota, pero de todas formas posibilidad, de empezar a bajar escalones.

El aeropuerto El Dorado queda a escasos 30 minutos del norte de Bogotá. La cita en el restaurante Le Grand Canard era a las ocho y media de la noche. Si algo le sobraba esa tarde a Beltrán era tiempo, y el mercedes de Genaro, que lo esperaba en las escalerillas del reactor, podía esperar unos minutos más, mientras se arreglaba, agradecía y se despedía de la tripulación.

En las dos horas transcurridas durante el vuelo entre Providencia y Bogotá, Beltrán alcanzó a revisar en su portátil los últimos acontecimientos de la empresa, y a despachar las revistas del avión. Igualmente, terminó a mano uno de los cuentos que hacía no muchos años se había acostumbrado a escribir para divertir a sus hijas y, de acuerdo con la promesa hecha a su profesora, alcanzó a empezar una serie de dibujos sobre especies nativas. Al final, logró dormir una breve siesta. Fue un viaje tan rápido como placentero, y la 'piedra' se fue esfumando…

La comida a la que asistiría Beltrán esa noche fue organizada por Juvenal Urdaneta, el presidente ejecutivo de la Corporación Financiera de la Orinoquía, quien la semana anterior había comprado a Genaro Restrepo la firma dueña de unos terrenos en el occidente de Bogotá en la no despreciable suma de 10 millones de dólares. Urdaneta había reunido a unos pocos banqueros y a varios de los principales usureros de Colombia, para celebrar el cierre del negocio.

Los usureros, como los cuervos y los lobos, requieren ir en bandadas.

La operación de venta de los terrenos fue básicamente un efecto de juntarse el hambre con las ganas de comer. El usurero tenía la capacidad económica de sentarse a especular con las tierras para hacer viviendas de interés social. Sin embargo, los urbanistas estimaban que demorarían como mínimo tres años en obtener los permisos y, sencillamente, Genaro Restrepo no disponía de ese tiempo. Restrepo quería cancelar sus pasivos y dedicarse a pintar y a cuidar su jardín. El negocio de la construcción había perdido para él su encanto inicial.

Urdaneta había pasado de ser urbanizador pirata a usurero, con la misma facilidad, el mismo desparpajo y la misma falta de hígados con que antaño una cortesana pasaba del catre de un notario al *sommier* de un barón.

Urdaneta se ufanaba de su modesta educación, lo cual era absolutamente redundante; ello era más que evidente. En Urdaneta, como en tantos nuevos ricos, convivían en paz y perfecta armonía el orgullo y la ignorancia.

El recorrido de El Dorado a su apartamento duró 25 minutos. Beltrán alcanzó a ducharse y a desempacar su maleta. Con tiempo de sobra llegó a pie hasta el restaurante.

En una de las salas de los reservados ya se encontraban Urdaneta y los usureros bebiendo aquel trago que se impuso en Estados Unidos en los años 50 y que a finales de siglo había regresado con brío, el *double dry martini*. No había duda de que este cóctel era una bomba. Con siete octavas partes de ginebra y sólo una octava de *vermouth* extra seco, preferiblemente Noilly-Prat, tenía fama el *barman* de Le Grand Canard, de mezclar los mejores *martinis* de la ciudad.

Una de las *jupettes* que trabajaban para los usureros, tan deparpajada como divertida, comentaba que las mujeres jamás se tomaban más de una copa de este brebaje ya que, generalmente, con el segundo terminaban debajo de la mesa, y con el tercero, debajo del anfitrión.

Una vez sentados a la mesa, Urdaneta ordenó la carta de vinos.

Con la carta en la mano y con mal disimulada petulancia, le anunció a Genaro Restrepo:

—Sé de oídas que usted y su abogado Hoyos tienen una excelente cava, y al ser esta cena en honor a nuestro negocio, vamos a servir un vino extraordinario...

Semejante a la rana de la fábula de La Fontaine, Urdaneta reventaba en su piel del placer que le causaba ordenarle en voz tan pomposa como alta, al *sommelier* de Le Grand Canard:

—Le ruego el favor de traernos el 'Chateau Petrus' de 1970, el rey de los vinos. De 1970, porque en ese año vendí mi primer terreno sin servicios, para urbanizar.

Restrepo y Beltrán por poco se van de narices. "¿De dónde habrá sacado este infeliz, olfato para buen vino…?" se preguntaban a sí mismos con una mezcla de curiosidad y envidia. "Debe ser, sin duda, y por mucho, el más caro del restaurante".

—¿*Chateau* qué…? —preguntó con cierta sorna Beltrán.

—'Chateau Petrus', —contestó el agiotista

—Y ¿de qué año?

—De 1970, —respondió con inocultable molestia, Urdaneta.

En voz baja, pero sin preocuparse porque lo oyeran, Beltrán le comentó a Restrepo: "Me lo como en jabón…"

¡Quién dijo miedo! El usurero había escuchado el sarcástico comentario de Beltrán, y vociferó:

—¿Es que el elegante y sabelotodo doctor pone en duda el vino?

—Sí…, —contestó Beltrán sin inmutarse— lo pongo en duda.

—*Somelieú*… traiga usted el vino, –le ordenó Urdaneta, en un horrible francés de Soacha.

A los pocos minutos, en una elegante canasta de plata llegó el vino. El corcho fue entregado a Juvenal

Urdaneta, para su inspección. Al no recibir comentario alguno, el *sommelier* procedió a servir una pequeña cantidad de vino en la copa del usurero, quien le indicó servirlo primero en la copa de Genaro Restrepo. Restrepo paró en seco al criado:

—Quisiera que el honor de probar el vino lo tuviera mi dilecto amigo Beltrán, quien interrumpió sus vacaciones en Providencia por tener el placer de acompañarnos esta noche.

Urdaneta asintió de mala gana a la solicitud de Genaro, y le ordenó con algo de grosería al criado, servirle el vino a Beltrán. Urdaneta no podía ocultar su antipatía hacia el abogado de Restrepo. Al no ser un hombre de fortuna ni mayor influencia política, Beltrán sencillamente dejaba de ser un escalón más en la ambición trepadora del usurero.

Urdaneta había sobrellevado con inmensa fortaleza la adversidad... pero la prosperidad lo sobrellevó a él. A la inversa de un buen vino, con los años el agiotista se había avinagrado.

Beltrán levantó la copa de cristal en la que el *sommelier* le acababa de servir el vino, y con deliberada parsimonia la llevó a escasos centímetros de su nariz. A medida que rebullía en forma delicada el líquido, lo olfateaba. Sólo después de repetir este ritual unas tres veces, llevó la copa a sus labios y sorbió con infinita delicadeza, en dos ocasiones, el preciado caldo.

—Extraordinario... sin la menor duda, extraordinario, —afirmó en un tono que permitía concluir a los ojos de todos los asistentes el juicio de un gran *connaisseur.* Es una magnifica muestra de lo mejor de Burdeos y, por ende, de Francia...

—Le agradezco sus comentarios, señor. Es uno de los mejores vinos de la casa —observó con severidad el sirviente, que unos segundos antes había catado el vino en el cáliz de plata que colgaba de su cuello en una elegante cadena de este mismo metal y que identificaba al gremio de los *sommeliers.*

—Sin embargo...

A pesar de sólo haber aumentado el volumen en muy pocos decibeles, fue tan clara y autoritaria la entonación de la voz de Beltrán, que la mesa quedó en sepulcral silencio.

—... Sin embargo... siendo indudablemente un 'Chateau Petrus', no es de la cosecha de 1970.

Tanto Urdaneta como el *sommelier* quedaron lívidos. Sus semblantes recorrieron una gama de colores antes de asentarse en un rojo purpúreo.

—¿Está el señor absolutamente seguro? –preguntó, atónito, el *sommelier.*

—Absolutamente seguro... —contestó Beltrán sin titubear— ... pero puede ser el momento de ver la botella.

Al *sommelier*, paralizado por la vergüenza, no le quedó otra alternativa que sacar la botella de la canasta de plata donde reposaba, y entregarla. Al recibirla, Beltrán revisó cuidadosamente la etiqueta. En un tono amable, pero firme, se dirigió al *sommelier:*

—Me lo sospechaba. Es un 'Petrus' de 1972. Un vino extraordinario... excepcional...

Sin variar el tono de voz, y con su acostumbrada amabilidad, Beltrán le indicó al atemorizado *sommelier:*

—Le agradecería a usted que nos trajera un 'Chateau Petrus', pero de la cosecha de 1970, como originalmente nos había ofrecido el señor Urdaneta.

Al *sommelier* le regresó al semblante algo, más no todo, el color. El tono amable de Beltrán había hecho que este incidente no pasara a mayores. Sin embargo, el criado procedió en forma inmediata a llamar a Daniel Segret, el dueño del restaurante, para que se apersonara de una situación que se estaba convirtiendo en delicada.

Segret saludó amablemente a los comensales, presentó disculpas por la equivocación, y dijo que personalmente se encargaría de sacar el vino de la cava.

El ritual que los asistentes acababan de presenciar se repitió a los pocos minutos. El *sommelier* regresó con una botella en la canasta de plata, y procedió a entregarle el corcho a Beltrán. Al no recibir comentario alguno, y en una nueva copa, sirvió una exigua cantidad de vino.

—¡Soberbio... magnífico...! —exclamó Beltrán al repetir la ceremonia del catador en cuanto a olfatear con delicadeza el licor y deleitar con parsimonia en el paladar los primeros sorbos del caldo— ... a pesar de tener un muy leve aspecto turbio, su *bouquet* y su cuerpo son incomparables. El roble de los barriles típico de todos los 'Sauternes' le da un sabor de trufas y grosellas, lo cual, sin embargo, permite detectar la textura sedosa y noble de todos los 'Petrus', y refleja la máxima combinación de cuerpo, nobleza y maduración.

—¡No cabe duda de que usted es un *connaisseur* de las más altas calificaciones, señor! —exclamó admirado el *sommelier*.

—Sin embargo…

El volumen y la entonación fueron exactamente iguales a los de la anterior. Los demás comensales no sólo quedaron estupefactos, sino también admirados y atónitos. El *sommelier* quedó paralizado.

—Sin embargo… tampoco es de la cosecha de 1970.

Tanto Daniel Segret como el *sommelier* se dieron cuenta de la imposibilidad de engañar a un *connaisseur* con la destreza de Beltrán. Sería una afrenta mostrar la botella de vino y quedar abiertamente como unos tramposos. Con la cara desencajada y la voz trémula, el francés sólo alcanzó a balbucear:

—El señor tiene toda la razón. El vino es un 'Chateau Petrus' de 1968. No disponemos de ninguna botella de la cosecha de 1970. Les presento a todos ustedes mis más sinceras disculpas… —afirmó acongojado Daniel Segret— no entiendo cómo este error ha podido ocurrir.

—Es absolutamente imperdonable y quiero expresarles que no sólo toda la cena correrá por cuenta del restaurante, sino que les enviaré a cada uno de ustedes el mejor de los 'Belugas' de mis despensas y durante toda la cena sólo se les servirá champaña 'Krug' de la cosecha de 1985, considerado como el mejor año de dicha casa. Les ruego aceptar esta invitación y olvidar este enojoso incidente.

—No se preocupe… —contestó Beltrán sin inmutarse—, lo aceptamos como un error involuntario y agradecemos su invitación. Que nos sirvan cuanto antes el caviar y la champaña.

—No tengo forma de agradecer su comprensión y generosidad… —le expresó Segret— usted, doctor Hoyos, será siempre huésped de honor en esta casa.

Pero si alguien estaba asombrado, era Urdaneta. En su vida llegó a observar una escena ni medianamente parecida. No sólo el profundo conocimiento de Beltrán descrestaba al usurero, sino la elegancia y el don de gentes con los cuales había manejado el incidente.

Los meseros empezaron a servir la cena, se cambió de tema y la conversación giró alrededor de la recién concluida venta de los terrenos de Restrepo.

Al final de la comida y al calor de las innumerables botellas de champaña que los comensales alcanzaron a ingerir, se dirigió Urdaneta a Beltrán:

–Nosotros sabíamos que tanto al doctor Restrepo como a usted les gustaban los vinos, pero jamás lo imaginamos a usted como una autoridad a nivel mundial.

—Realmente es muy poco lo que sé de vinos… —contestó, impasible, Beltrán.

—Su modestia es admirable, pero no nos venga con cuentos abogado… les dio a Segret y al pobre *sommelier* una lección que no van a olvidar en su vida.

—Para ser totalmente franco, puedo distinguir entre un buen y un mal vino, y generalmente logro diferenciar un burdeos de un borgoña… pero mis conocimientos vinícolas no van mucho mas allá de eso…

—Pero maneja un vocabulario que descresta a cualquiera…

—En el caso de los vinos, como en muchas otras actividades, el vocabulario se presta tanto para embaucar a los recién iniciados y a los incautos, como para ocultar una profunda ignorancia. No se puede olvidar que los marxistas tratan de explicar la historia universal con un vocabulario de 10 palabras y ¿a cuántos economistas no han conocido ustedes que tratan de disfrazar ya sea su incompetencia o su incapacidad para interpretar los hechos con una jerga casi incomprensible?

—En dos ocasiones puso usted en evidencia que el vino no era de la cosecha indicada. Una vez puede ser producto de azar, pero dos veces es una casi imposible coincidencia —insistió Urdaneta.

—Aun antes de que el *sommelier* me trajera el vino, estaba bastante seguro de que no tenían ninguna botella de 'Chateau Petrus' de 1970.

—¿Que qué? —preguntaron atónitos varios de los comensales.

—Es muy sencillo… —les contestó Beltrán— Con Genaro tenemos una serie de contactos con las principales casas de subastas de vino del mundo, que nos suministran información por internet. Sotheby´s, en Nueva York, lleva a cabo cada tres meses subastas de vino, y la semana pasada realizó una de ellas. En Providencia, a través del celular me conecté a internet y me fijé en los últimos precios alcanzados por los vinos de burdeos, mis preferidos. Observé, con algo de asombro, envidia y gran curiosidad, que la última caja que se conocía de 'Chateau Petrus' de 1970 había sido subastada por la no despreciable suma de 60 000 dólares, lo cual colocaba cada botella en 5000 dólares...

—¿Se te quedó grabada la cifra...?

—Sólo una vez en mi vida había probado el 'Chateau Petrus' y pensé que se le caerían a uno las calzas al tomarse un vino de $5000 dólares la botella... A raíz de este incidente, estaba seguro de que un hombre tan despierto y hábil como Daniel Segret no podía estar vendiendo por un millón quinientos mil pesos, equivalentes, a grosso modo, a 500 dólares, una botella que se podía colocar en el mercado por 5000 dólares... y en caso de que mis sospechas fueran infundadas, tranquilamente hubiera aceptado mi error, y hubiera procedido a comprarle a Segret toda su existencia de esta cosecha. De esta forma habría hecho el mejor negocio de mi vida. Sencillamente no tenía forma de perder.

OPERACIÓN "PEZ GORDO"

No fue en Bogotá sino en Washington donde Anita Lewis, una norteamericana de origen costarricense, y Alexis Díaz, puertorriqueño de nacimiento, se conocieron en la Universidad Católica. Ambos se graduaron en la Escuela de Servicio Exterior. Hicieron juntos la carrera y mantuvieron un breve, aunque intenso, romance.

Llevaban cerca de seis años sin verse. Él había entrado directamente a la Drug Enforcement Agency, popularmente conocida como la DEA, y Anita Lewis, al Consejo Nacional de Seguridad, NSC.

Se encontraron en la cancha de tenis de la residencia de la embajada americana. Los embajadores celebraban torneos todos los meses entre los representantes de las diferentes agencias del gobierno norteamericano en Colombia.

Tanto Anita como Alexis fueron eliminados en la primera ronda, lo que les permitió sentarse y disfrutar de unos *mint-juleps* preparados con esmero por el *barman* de la embajada.

—En Estados Unidos, mi querida Anita, utilizamos con frecuencia y, generalmente con magníficos resultados, operaciones *Sting* para atrapar traficantes… —le comentó Alexis.

—¿En qué estás pensando, Alexis?

—A través de una operación *Sting*, una celada, creo que se dice en español, en Colombia podremos capturar a un buen número de *traquetos* que eventualmente puedan conducirnos a un pez gordo… para la carrera de ambos nos caería de maravilla…

—De acuerdo… pero, concretamente ¿en qué estás pensando? —insistió la funcionaria.

–En los seis meses que llevo en Colombia, me he dado cuenta que a los *traquetos* sólo dos cosas pueden privarlos: codearse con una reina… y andar en una Toyota burbuja, ojalá blindada y con rines dorados.

—¿Y…?

—A su vez, nada que prive más a una reinita, en especial la agalluda y trepadora, que salir con un *traqueto*. Es un caso de "atracción fatal"… El vínculo *traqueto*-reina es más fuerte que aquel de juntar el hambre con las ganas de comer…

—¿Qué estás pensando para atrapar a tus *traquetos*…?

—Muy sencillo, Anita… organizamos un reinado, y puedo asegurarte que los *traquetos* vendrán más fácilmente que un enjambre de avispas buscando miel…

—Pero ¿por qué te interesan los *traquetos*, si son sólo eslabones menores en la cadena del narcotráfico?

—Precisamente, por ser una cadena se puede, con tiempo y paciencia, llegar a los eslabones mayores, que son los peces gordos…

—¿Qué se te ocurre…?

—Que seas tú una de las reinas…

—¿Estás loco…? —preguntó Anita, soltando una carcajada.

—No sólo no estoy loco, sino que tengo el trasero en tierra. Eres un bombón, hablas perfectamente el español, y con esa pinta de ingenua que te cargas, con tus enormes ojazos y cejas negras a lo Frida Kahlo, pasas fresca por una reina de pueblo… Los *traquetos* van a volcarse por levantarte…

—De llegar a aceptar tan estrafalaria idea… ¿qué pretendes que haga?

—No tienes que preocuparte por nada… me dejas arreglar todo. Tengo excelentes contactos en el mundo de la moda, el del turismo y los reinados, por no hablarte de los fabricantes de cosméticos. Yo me encargo de llevarte al certamen como la reina de la fruta que escojas…

—¿Tú qué vas a hacer…?

—Para todo efecto práctico, voy a convertirme en Jáider Amézquita, un notable y rico *traqueto* de Cartago…

—Me temo que estás borracho y los *mint-juleps* se te subieron a la cabeza… —contestó Anita.

Pero Alexis Díaz estaba lejos de estar borracho. En menos de 60 días y en un sigilo absoluto con sus jefes y las otras agencias antinarcóticos, organizó el primer certamen realizado en el país para escoger a la reina del concurso de "Miss Fruta Tropical". Unos dólares puestos en las manos apropiadas hacen milagros en Colombia… y en Cafarnaum.

No fue tan difícil convencer a Anita Lewis de jugar el papel de reina tropical. En San Francisco, estudió arte dramático, y representar una reina no dejó de parecerle inmensamente divertido. De golpe lograba llegar hasta un 'pez gordo'. Anita estaba dispuesta a seguir el juego hasta el final... siempre y cuando no implicara acostarse con un *traqueto*, lo cual le parecía un atentado a la moral y al buen gusto.

Al cabo de unas semanas, el reinado estaba armado y Jáider Amézquita les avisó a los organizadores del concurso que él llevaría directamente a una de las reinas, Fernelly Barahona, Miss Granadilla.

Anita estaba cada día más emocionada, y empezó a mentalizarse de su papel de Fernelly Barahona. Compró ropa nueva en el Éxito, aprendió a maquillarse como una reina de pueblo y memorizó todo lo concerniente a Anolaima, de donde se suponía provenía la reina de la Granadilla.

Prácticamente todas las reinas que se ofrecieron a participar en el concurso convocado por radio y televisión fueron escogidas. Todas eran despiertas muchachas que por primera vez visitaban Fusagasugá. Llegaban sin comitivas ni escoltas, y el diseño de su vestuario era de la abuela o de una vecina.

Pero, por otro lado, eran bonitas, simpáticas, ambiciosas y desprevenidas, y más que llegar a ser escogidas como representantes a Miss Fruta Tropical, su mayor ilusión era conocer el Magdalena y Melgar, levantar *traqueto*, y pasar un rato agradable.

A partir del 20 de julio empezaron a llegar a Fusagasugá las reinas escogidas por los organizadores del concurso. La primera en llegar fue la linda Aracelly Tepuy, Miss Chirimoya. En los días siguientes llegó un precioso racimo, entre las que se encontraban Milady Quiñónez, Miss Chontaduro; Orfa Nery Sastoque, Miss Borojó; Merary Marmolejo, Miss Tamarindo; Jafeth Asprilla, Miss Papaya; Marley Tunuzco, Miss Feijoa, y Lady Jaqueline Palomino, Miss Chachafruto. Al día siguiente se presentaron en el pueblo Yulaci Orrego, Miss Uchuva; Berenice Diógenez, Miss Tomate de árbol; Eleuteria Piraquive, Miss Zapote, y Pricila Anchicayá, Miss Mangostino.

Las últimas en llegar fueron (las dos primeras medio 'coladas', porque se trataba de un reinado de frutas y no de bailes) fueron la reina del 'meneíto', Rubiela Bedoya, la del 'currulao', Lulú Borboya. Finalmente, en una buseta 'express' llegaron la de la 'pitahaya', Arley Vinazco; la del lulo, Daissy Pasichana; la de la curuba, Luz Dary Herney; la de las guanábana, Dulcey Ceferina; y de la piña, Epilady Contreras.

Sin embargo, y a pesar de no parecerlo así a primera vista, al comité organizador sí le toco rechazar algunas de las candidatas propuestas. Entre éstas estaban Miss Flor de la amapola, sugerida por el frente XXIII de las Farc, y Miss Cocaína, enviada por las Autodefensas del Magdalena.

Los *traquetos* también empezaron a llegar. Los BMW, los Mustang y, por supuesto, las Toyota burbuja con placas desde Envigado a Florencia, congestionaron las estrechas calles de Fusagasugá. La Zona Rosa y el parque de la 93 en Bogotá, hábitat por excelencia de esta fauna, quedaron prácticamente vacíos.

La 'burbuja' más ostentosa y los guardaespaldas más malencarados formaban parte del menaje cotidiano de un par de abominables *traquetos* recién desempacados del norte del Valle; Helder Giovanny Henao, también conocido como *Juanito* y John Jairo Henao, *El gomelo*. Los primos Henao justificaban su recién adquirida fortuna aduciendo estar vinculados al sector de la construcción en Girardot y en Melgar, pero las lenguas, tanto las buenas como las malas, insistían en que eran connotados exportadores en la línea blanca, y no propiamente de neveras. La realidad es que no les faltaba billete y siempre en el parque de la 93 en Bogotá se les vio rodeados de unas 'lobas' estupendas y unos gorilas menos estupendos, por decir lo menos.

Jáider Amézquita logró el patrocinio de la firma Elegance de Channel para el Concurso de la Reina de la Fruta Tropical. No obstante su origen humilde, Elegance de Channel era hoy día una potencia en el campo de la belleza femenina, y su gama de productos se extendía desde los más sofisticados *rimmels* hasta cremas y emulsiones de delicada textura y fragancia para todo tipo de piel. Era el *success story* de la última década.

Una parte importante de la actividad social de Fusagasugá giró alrededor del reinado. En desarrollo del programa, posiblemente el acto que más llamó la atención del público y colmó las calles fue el desfile de las carrozas. Las casas que daban contra la plaza principal fueron adornadas con los pendones de la ciudad. En algunos lugares se observaban bombas multicolores y 'papayeras' entonando música alegre y poniendo, no sólo a las reinas, sino a buena parte del público, a bailar al son de la alegre y penetrante música.

La noche del 22 de julio en uno de los principales centros sociales de la ciudad se celebró la presentación de las reinas en vestido de baño. Fue tal la afluencia del público al ver estos 'bombones' en tangas fosforescentes, y los ríos de ron y aguardiente que rodaron entre los pocos invitados y los mucho más numerosos 'colados', que por poco termina el desfile en bochornosa zambra.

Como en prácticamente todo reinado, las 'locas' no podían faltar. Se trataba, naturalmente, de los estilistas, los maquilladores y los modistas, que formaban parte de las comitivas o se aparecían por su cuenta ofreciendo sus servicios profesionales.

Entre las 'locas' se encontraba un venezolano que se presentaba como Anthonino di Sanctis, en cuya tarjeta anunciaba su actividad de estilista y preparador de reinas. En toda conversación, *Toni*, como se hacía llamar, dejaba entender que era íntimo amigo y asesor de Osmel Sousa, el legendario preparador de reinas en Venezuela que prácticamente garantizaba que la mujer preparada por él quedaba entre las cinco finalistas para el concurso de Miss Universo.

El éxito de *Toni* fue descomunal. Todas las reinas se desbrevaban por impresionar al venezolano para que las recomendara a Osmel Sousa. Abrazaban y besaban al estilista, que daba pequeños alaridos de protesta.

El evento que aguardaban con más expectativa, tanto las reinas como los estilistas y buena parte de las comitivas, era el gran almuerzo privado la víspera de la coronación en el Chinauta Beach Resort, a 10 minutos del centro de Fusagasugá, por la carretera que conduce a Melgar y Girardot.

Fueron los primos Henao y un grupo de *traquetos*, con el entusiasmo desbordado de *Toni* y los otros estilistas, los organizadores de este evento. Jáider Amézquita, quien ya se había cuadrado con Aracelly Tepuy, Miss Chirimoya, se comprometió a sufragar los gastos del trago.

Las reinas se sentían en la gloria, ante la novedad de conocer aquel hotel que por su lujo se denominaba el Taj-Majal de los Andes. Construido en los años 90 por Justo Pastor Perafán, connotado narcotraficante que hoy se encuentra a la sombra en una cárcel gringa, no se ahorró un centavo en su construcción. Tan 'lobo' como ostentoso, el Chinauta Beach Resort era un homenaje a las narcofortunas de las últimas décadas.

Los estilistas se reventaban de la felicidad al haber sido invitados por las reinas y los *traquetos* al almuerzo. *Toni*, la 'loca' venezolana, ofreció pagar todos los arreglos florales y traer los pitos, los sombreros y las serpentinas para amenizar la fiesta. También se comprometió a traer de Ibagué la mejor orquesta del Tolima, *Los Pijaos*.

"Bienvenidas, preciosuras, bienvenidas…", recibían los Henao a las reinas, plantándole un meloso beso en la mejilla a cada una de las niñas que llegaba al fastuoso hotel. "Bienvenidas, mis reinitas, a este humilde cambuche…", insistían con falsa humildad los *traquetos* del norte del Valle.

En la piscina, sobre uno de los trampolines, el mayor de los Henao se había hecho instalar una pomposa silla giratoria, en cuyo espaldar se destacaba un letrero: "Aquí sólo se sienta el Rey de los Papitos".

—Tomen asiento, tomen asiento, ricuras..., —les indicaba Henao, a medida que las reinas iban llegando al hotel, acompañadas de los estilistas.

—Ojo, ojo nenas, no se resbalen y maltraten los muslitos..., —les advertía con pedante voz Henao, cuando las reinas se acercaban demasiado a la piscina.

—¡Mesero, destape ya la champaña...! —le ordenó Henao a uno de los sirvientes uniformados, mientras que le mostraba a Miss Chachafruto la colección de amuletos de oro que colgaban de las seis cadenas que llevaba al cuello. Algunas de las reinas se maravillaban de la fortaleza del pescuezo del *traqueto*, guargüero que aparentaba soportar sin mayor esfuerzo, y sin correr el riesgo de desbaratarle el cogote, el peso de los tesoros colgantes de Henao.

Tal vez era Merary Marmolejo, Miss Tamarindo, la más divertida con las colgandijas de oro que denunciaban el origen de dudosa ortografía de la aparente riqueza del Henao. "Blanco es y gallina lo pone...", le comentó discretamente a su compañera de cuarto, Fernelly Barahona, Miss Granadilla, con quien había hecho las mejores migas. Las bellas jovencitas rieron de buena gana sin que Henao se diera cuenta de que las dos ya lo tenían entre ojos.

Tanto Merary como Fernelly se levantaron un par de *traquetos* con sus flamantes BMW. Los *traquetos* les hicieron todo tipo de promesas de que en la fiesta del Chinauta estarían varios 'peces gordos', entre ellos el Rey del Transporte, que se había 'tragado' de Lady Jacqueline Palomino, Miss Chachafruto. Las reinitas estaban en una emoción desbordada de pensar en conocer, al fin, a un 'pez gordo'.

Puesto en alerta con la reserva de los Henao, la orquesta de *Los Pijaos*, y la solicitud de tener champaña a rodos, el gerente del hotel, agente encubierto de la policía antinarcóticos, asumió que podía presentarse una oportunidad de pescar un 'pez gordo' atraído por el resto de *traquetos* que llegaban al *resort* con las reinitas. Avisó inmediatamente a Bogotá. Sus superiores anhelaban darle un golpe contundente al narcotráfico. Con una llamada, se puso en marcha la operación "Pez Gordo".

La llamada fue al coronel Absalón Torres, comandante de la base aérea de Palanquero, quien contestaba personalmente el teléfono. Simultáneamente, el contralor de la base aérea de CATAM, en el aeropuerto de El Dorado, le aviso al coronel sobre un plan de vuelo con destino a Girardot y Capurganá de un avión venezolano que había despegado del Estado de Apure, en los llanos venezolanos. El coronel Torres no pudo esconder la desagradable sensación que en estos vuelos había gato encerrado.

De las bases aéreas de Melgar y Palanquero y del aeropuerto de Flandes salieron seis *Black Hawk* con un equipo de 32 especialistas en narcotráfico, incluidos tres agentes de la DEA, al mando del coronel Absalón Torres.

Los helicópteros aterrizaron a las 6 de la tarde en plena francachela. En pocos minutos tenían totalmente rodeado el Chinauta Beach Resort. Colocaron a las reinas debajo de una acacia, y la totalidad de los *traquetos* fue esposada a medida que el gerente señalaba a aquellos empleados de confianza que inmediatamente fueron dejados en libertad.

La escena culminante ocurrió cuando Jim Myres, uno de los agentes de la DEA reconoció a Alexis Díaz, alias Jáider Amézquita, y le interpeló:

"Al... ¿what the fuck are you doing here?"

Alexis Díaz duró 10 minutos explicando su proceso de montar un *sting* con la finalidad de atrapar un 'pez gordo' y no entendía por qué diablos los agentes antinarcóticos se habían metido en el tema, volviendo añicos toda posibilidad de agarrar un 'pez gordo'...

Le tocó explicar, igualmente, que Anita Lewis estaba en el grupo de las reinas. La celada había hecho implosión.

No tardó mucho rato el coronel Torres en darse cuenta de que la operación "Pez Gordo" se había convertido en un monumental fracaso, y albergó serias dudas sobre la importancia de estos *traquetos*. De todas formas, decidió interrogarlos en Melgar y a la salida, con buena parte de ellos a cuestas, el coronel se percató de los gemidos histericones de una 'loca' metida en la piscina. *Toni*, el estilista venezolano, gemía: "Ay madre mía... qué susto que he pasado... por la Virgen de Chiquinquirá... ¡qué susto...!"

—¿Y la 'loca' de dónde salió? —preguntó el coronel.

—Es un peluquero de mierda… —contestó uno de los oficiales.

Uno de los tenientes le preguntó al coronel si se llevaban también a la 'loca' para el interrogatorio.

—Bastantes dolores de cabeza tenemos ya para tener que cargar con una 'loca'… —les dijo el coronel a los soldados, quienes dejaron salir de la piscina al estilista.

Dentro de todas las decisiones equivocadas del coronel Torres ese día, tal vez la peor fue dejar en paz a la 'loca'. Porque Anthonino di Sanctis, *Toni*, no era ni 'loca', ni mucho menos estilista.

Se trataba nada menos que del coronel Guaicaipuro Rangel, comandante de la Guardia Nacional Venezolana y responsable de llevar a cabo con éxito la operación "Solidaridad Bolivariana". El coronel Rangel no estaba en Colombia en su papel de oficial de la Guardia Nacional sino en una delicada misión como coordinador de operaciones especiales de los Círculos Bolivarianos, y sus instrucciones emanaban directamente de la vicepresidencia del vecino país.

En ese mismo momento, el celular del coronel emitió un leve sonido que avisaba la entrada de un escueto mensaje de texto: "El ave Fénix surca la cordillera".

El coronel Rangel le había avisado a su enlace en Bogotá, Delvalle Capriles, una hermosa margariteña, que la operación "Solidaridad Bolivariana" se podría llevar a cabo el 23 de julio. El coronel no era adicto a la causa bolivariana, pero la difícil situación económica de Venezuela, añadida a 16 demandas de paternidad, lo obligaron a aceptar la oferta de los Círculos

Bolivarianos de ser parte del Comando Central bajo órdenes directas del alto gobierno. Todas las demandas de paternidad y las deudas desaparecieron por arte de birlibirloque. Sus superiores en la Guardia Nacional Venezolana no eran conscientes del doble papel del coronel Rangel.

Simultáneamente con el operativo antinarcóticos en Chinauta, se llevó a cabo una de las operaciones más audaces del mal denominado Movimiento Bolivariano, la operación "Solidaridad Bolivariana". Un *Antonov An-24*, turbo-hélice de fabricación rusa con capacidad de 24 toneladas había aterrizado en el aeropuerto de Flandes, en Tolima, y había recogido a tres guerrilleros enfermos de *leishmaniasis* y un cargamento de 250 kilogramos de heroína entregada por el Bloque Occidental de las Farc, al mando de Catatumbo. El mensaje de texto al celular del coronel Rangel fue enviado por el piloto de la nave, capitán Washington Bolívar.

El *Antonov*, de matrícula venezolana, figuraba bajo las siglas YV-329 y como propietario, la empresa Líneas Aéreas de la Guayana. Tanto el plan de vuelo como el resto de la documentación estaban en orden. En el plan figuraba como inicio el aeropuerto de Mosquito en el estado de Apure, con escalas en Flandes y Capurganá, y destino final el aeropuerto de La Carlota en Caracas.

Lo que no figuraba en el plan de vuelo era la escala que hizo el *Antonov* en una pista cerca de Puerto Inírida en Guainía, pista controlada desde la época de distensión por el frente 16 de las Farc. En la pista embarcaron en el *Antonov* 12 toneladas de cocaína y a un diminuto miembro del secretariado que necesitaba urgentemente desplazarse a La Habana para seguir un tratamiento contra el cáncer en la próstata.

La aereonave, cuyo nombre era el 'Fénix', el 'Fénix 7', para ser precisos, por el hecho de ser el séptimo avión con las mismas siglas y la misma matrícula que pasaba a ejercicio activo, era parte de la flotilla de 24 *Antonov* de la Fuerza Aérea Cubana que Fidel le había entregado a Venezuela a cambio de petróleo. Los otros seis yacían incendiados en la selva colombiana y habían sido utilizados para traerle armas venezolanas a la guerrilla.

El 'Fénix 7' estaba destinado a morir en una pista cerca de Juradó en el Chocó. En esta pista, controlada por el frente 57 de las Farc, el *Antonov* dejaría la droga para ser embarcada en lanchas rápidas con destino a la Baja California. Los guerrilleros enfermos y la tripulación del *Antonov* serían llevados en otras lanchas a la ciudad de Panamá, de donde un avión de Cubana de Aviación llevaría a los guerrilleros directamente a La Habana. Un avión oficial de Venezuela estaría recogiendo a la tripulación.

A la altura de Quibdó, y poco antes de iniciar el descenso a la pista, el capitán Bolívar avisó a la torre de control de Medellín que procedía a causa de problemas técnicos al aeropuerto de Tucumán en Panamá. La torre autorizó este cambio en el plan de vuelo.

Una vez el *Antonov* aterrizó y la mercancía y los pasajeros fueron embarcados rumbo a Panamá, se procedió a incendiar y desaparecer los restos del avión ruso. El coronel Guaicaipuro Rangel recibió otro mensaje de texto en su celular, de parte del capitán Bolívar: "Se puede proceder a bautizar y poner en funcionamiento el 'Fénix 8'. La operación 'Solidaridad Bolivariana' ha culminado". El artífice del éxito era el coronel Guaicaipuro Rangel.

El coronel Absalón Torres seguía con la desagradable sensación de haber caído en una celada. El interrogatorio a los *traquetos* fue un fiasco. Todos resultaron ser hijos de ferreteros, de repuesteros y de uno que otro abogado, pero ninguno tenía menor vínculo con el narcotráfico. El mal identificado 'pez gordo', el 'Rey del Transporte' resultó ser el hijo del dueño de una prestigiosa firma de carrotanques que nada tenía que ver con droga. Cuando les preguntaban por qué diablos posaban de *traquetos*, todos respondían de la misma manera:

—Es que a las reinitas les encantan los *traquetos*...

Varios días después, un piloto le preguntó casualmente al coronel Torres sobre qué podría estar haciendo un avión venezolano en Girardot. Conversando con el piloto, el coronel se dio cuenta de que el avión había aterrizado exactamente en el momento en que se adelantaba el operativo en Chinauta.

—Caí como un imbécil...

—¿Perdone...?" —le preguntó el piloto.

—No... no es nada... olvídese usted, capitán.

LA APUESTA

El teniente Basilio Rodríguez le entregó a Andrés Soto, su jefe, un sobre color crema con una hermosa letra femenina que señalaba:

Señor don Andrés Soto del Corral
E. S. M.

Soto rasgó el sobre en que se encontraba una sola hoja de papel, del mismo color del sobre. La carta era igual de escueta:

"Bogotá, viernes junio 6 de 2003
Mi querido Andrés:
Estoy segura de que vas a estar radiante de la dicha al saber que vas a ser padre. Te concedo el escoger el nombre de quien, con certeza, será una hermosa niña. Quisiera que habláramos hoy al almuerzo sobre nuestra primogénita, en Pajares Salinas, a la una, si te es conveniente.
Afectísima, Susy"

La carta venía acompañada de un resultado de Laboratorios Sager, que certificaba como positiva la prueba de embarazo realizada a la señora Susana Ruiz.

Andrés Soto no pudo contener una discreta y maliciosa sonrisa, y redactó una esquela para Susana Ruiz en los siguientes términos:

"Querida Susana:

Al no haber tu marido otorgado el divorcio, tu próxima heredera, ante los ojos de Dios, de la ley y de la sociedad, es hija exclusivamente de tu marido y tú. No vacilo en creer que nuevamente la dicha reinará en vuestro hogar.

Me encantará poder verte hoy a la una en Pajares.

Con un enorme abrazo,

Andrés"

Soto le pidió a su guardaespaldas llevar la nota, de manera inmediata, a la señora Susana Ruiz.

Pero ¿quién es Andrés Soto del Corral?

Soltero tozudo e impenitente, agrónomo de carrera y rentista de profesión, nunca tuvo que ejercer la profesión gracias a la laboriosidad y austeridad pero, sobre todo, a la codicia de un hermano de su madre. La poca fecundidad y temprana mortalidad de su familia lograron que se convirtiera desde muy joven en el único heredero de un acaudalado tío. Su benefactor le legó una inmensa fortuna en tierras, fortuna hoy día mermada en forma considerable... menos por la prodigalidad de Soto, que por la baja considerable en los precios de los predios rurales, a causa de la inseguridad.

Soto era un hombre buen mozo... pero lejos estaba de parecerse a los modelos que aparecen en los anuncios de ciertas revistas de peluquín. Derrochaba simpatía y amabilidad, pero eran su arrojo y su desparpajo los que le permitían tener un éxito descomunal con las mujeres. Como decían de un ex Presidente, Soto generalmente tenía dificultades para quitárselas de debajo.

Soto era consciente de que en el río de las mujeres se debe pescar con una red de halagos. La vida le enseñó que no hay cumplido, por ridículo, falso, o pretencioso que parezca, que no sea tragado cuando se le sazona con la alabanza adecuada.

Aquel viernes 6 de junio, Soto llegó temprano al restaurante y se instaló en el bar de Pajares Salinas a beber *gin-tonic*, pero no con cualquier ginebra, era *Bombay Sapphire´s*, cuya mezcla de especias y esencias lo hace uno de los tragos más apetitosos del mundo. En Pajares, fuera de la excelente comida y mejor servicio, hacen algo que lo diferencia de cualquier otro restaurante: le sirven a uno trago hasta donde lo pida… mejor dicho, hasta que ruegue que paren. De esta forma, los clientes quedan 'copetones' muy rápidamente y el monto –usualmente elevado de la cuenta pasa a un segundo plano.

Soto se encontraba a la espera de Susana Ruiz, la mujer que esa misma mañana le había mandado la carta invitándolo a almorzar en Pajares.

¿Y quién es –se preguntará usted– Susana Ruiz?

Es una rubia de ojos verdes… actriz, modelo, *cover-girl*, presentadora de televisión… Es la figura de moda en la farándula y en el *jet-set* criollo.

Para entender la trama que Soto había urdido, y desmadejar el ovillo de la singular apuesta de esta historia, es menester regresar unas semanas atrás.

El origen de este drama se remonta al viernes 23 de mayo. Ese día, Soto almorzó con Laura Cárdenas, en Balzac.

Nuevamente se preguntará usted ¿quién diablos es Laura Cárdenas y qué hacía almorzando Soto con ella en Balzac?

Laura era una amiga de Soto, de tiempo atrás. La relación entre ellos tuvo su inicio como amantes… y una vez –cómo diría el poeta– extinguidas las pasiones, terminaron como amigos… amigos del alma.

Jairo, el *maître* de Balzac, los sentó en una mesa cuya localización permitía ver a todos los que entraban.

Una hermosa mujer le llamó poderosamente la atención a Soto, quien no pudo dejar de exclamar: "¡Carajo, qué bomboncito!"

Laura, con la discreción innata de las mujeres, dirigió su mirada a la recién llegada, y comentó desprevenidamente:

—Es mi amiga, Susana Ruiz…

—No está nada mal tu amiguita… —le comentó burlonamente Soto– resiste por lo menos un 'picotazo'… ¿y a qué se dedica este 'Bon bon bum'?

—Recauda fondos para instituciones benéficas…

—Dile que vamos *miti-miti* en todo… —le comentó Soto.

—No creo que te preste la menor atención… y tampoco recuerdo ni cuándo ni exactamente a raíz de qué, pero Susana me dijo alguna vez que tu le caías mal… bastante mal —le comentó Laura a Soto.

—¿Pero cómo voy a caerle mal, si ni siquiera me conoce…? —protestó Soto, indignado.

—No lo sé... —contestó Laura— de golpe Susana es amiga o pariente de una de las tantas que has dejado botadas por ahí y que te han creado mala fama. Te recuerdo que lo único que no perdona una mujer es el despecho, y son varias a las que has dejado de pararles bolas...

—La pobre de tu amiguita debe ser muy bruta para opinar así de alguien a quien no conoce... —respondió Soto con fingida dignidad.

—No sólo no es nada bruta, sino que es tan *chévere* como despierta. Susana es recatada y poco amiga de injuriar al prójimo... pero, si mal no recuerdo, me dijo un día que ni muerta se enredaría con un cretino de tu calibre... —expresó Laura.

Soto quedó indignado. Que una mujer que de alguna forma lo conoce a uno, lo injurie... vaya y venga. Pero ser injuriado por referencia le parecía una estupidez sin precedentes.

—Te recuerdo que lo único que queda por explorar en este país es la biblioteca del Congreso, y te aseguro, como dicen en el campo, que "no hay burro que no patee, ni mujer que no lo dé" —le comentó Soto a Laura.

—El caso de Susana es diferente. Ella tiene muy claro lo que busca...

—Dile a la bruja de tu amiguita... —comentó Soto con mal disimulada ira— que le apuesto 100 millones de pesos a que no es capaz de acostarse conmigo... siempre y cuando me dé un recibo de la institución benéfica, para poder deducir la donación de mis impuestos...

—Eres un pedante y un fanfarrón... —le respondió Laura, y añadió— y de llegar a contarle a Susana tu peregrina apuesta, su antipatía hacia ti va a convertírsele en verdadero desprecio. No tengo la menor duda de que te va mandar al carajo...

—¿No le vas a contar sobre mi apuesta...?

—Ni por esa obscenidad de plata, Andrés, sería capaz de transmitirle a Susana semejante estupidez...

Pero, "la constancia vence lo que la dicha no alcanza", reza el refrán. Ante los ruegos y las mal disfrazadas amenazas de Soto, Laura, a regañadientes y de mala gana, se comprometió a contarle a Susana.

Unos días después, tomando *capuccino* en La Bagatelle, entre broma y chanza, Laura le contó a Susana acerca de la desafiante apuesta de Soto. Y ante inmensa sorpresa de Laura –y sin el menor titubeo– Susana la aceptó. Ella misma puso la fecha y el lugar: el viernes siguiente, el 30 de mayo, para ser más precisos, a las 3 de la tarde en la suite presidencial del Bogotá Royal.

—Voy a darle una lección a este petulante... —fue la única advertencia que Susana le hizo a Laura.

Todo transcurrió como estaba previsto. La cita amorosa se llevó a cabo; Soto entregó su cheque y Susana, el recibo. La apuesta fue consumada.

Como habrá notado el lector en la carta de Susana a Soto, ella estaba proponiendo un almuerzo... precisamente para hoy, viernes 6 de junio.

Cuando Susana llegó al restaurante, Soto se levantó y, acercándole la silla, le dijo:

—Estás absolutamente preciosa... ¿qué puedo ofrecerte como aperitivo?

—¿Por qué no me pides una 'margarita'?

La conversación fue desenvolviéndose con naturalidad. Poco a poco, las ginebras y las 'margaritas' iban despejando las prevenciones iniciales del reencuentro.

—Estuviste maravillosa... —le dijo Soto, después de haber agotado los temas obligatorios en Bogotá de la política, la llovedera y el tránsito— y nunca me imaginé que mostraras tanta habilidad en las artes del amor... pero no te oculto que lo que más me impresionó fue tu sencillez y sentido del humor. Realmente estaba convencido de que eras inmamable...

—Para que veas... las mujeres conocemos el tema del amor por intuición. Y tú, para tu edad, no estuviste nada mal... —le contestó Susana, riéndose con picardía— no te oculto que yo también estaba convencida de que no pasabas de ser un chico *play*, tan harto como pretencioso...

—Pero cuéntame, Susana, ¿por qué te caía tan mal?

—La verdad es que a mi mejor amiga del colegio le hiciste una 'marranada' sin nombre. La enamoraste hasta enloquecerla, y cuando te dio por levantarte a la hermana menor, la echaste a patadas como a una sirvienta. La heriste despiadadamente. Ella nunca volvió a mirar a un hombre. Por eso juré vengarme en nombre de ella.

—Pero a pesar de tu odio y tu antipatía... la pasamos delicioso.

—No puedo ocultarte que razón no te falta... lo pasamos delicioso —contestó Susana desprevenidamente.

Y por dos horas siguieron tomando ginebras y 'margaritas', y conversando como si hubieran sido amigos de toda la vida.

—Te felicito por tu embarazo —le comentó Andrés con una sonrisa burlona.

—Andrés, tengo que hacerte una confesión.

—Confiésame todo lo que se te ocurra… —le contestó Soto cariñosamente.

—No sólo no estoy encinta como te contaba en la carta, sino que no fui yo quién se acostó contigo…

—¿Que qué? —le respondió Soto con inocultable sorpresa.

—Así como lo oyes, Andrés… —contestó Susana con una sonrisita burlona— quien se acostó contigo es mi secretaria. Le conté sobre nuestra apuesta y la venganza que pensaba montar. Le expliqué que tú eras un señorito petulante y pretencioso, y que antes de nada debía pedirte el cheque por los 100 millones de pesos. Ella es fresca y le pareció divertidísima la comedia. Tiene cierto parecido a mí. Se tiñó el pelo de rubio, se puso lentes de contacto verdes y se vistió con mi ropa. Fuera de eso, le prometí darle cinco de los 100 millones…

—Pero lo que eres es una 'lechuza' —le interpeló Soto, indignado.

—Si te hubiera conocido con anterioridad, nunca te habría hecho esta jugada. Tú sabes que antes que nada, yo quería vengarme por lo que le hiciste a mi mejor amiga, y me diste un 'papayazo' del tamaño de una catedral. No sólo me embolsillaba 100 millones de pesos, sino que te hacía, en una forma sutil, quedar como un gran pendejo ante todo el mundo.

—¿Y por qué no lo hiciste, rebruja...?

—Porque mi secretaria me dijo que yo estaba totalmente equivocada. Que tú eras un verdadero encanto; cariñoso, tierno, amable, simpático, inteligente y un amante de mucho cuidado. Me rogó que antes de hacerte quedar en ridículo, debería almorzar contigo y conocerte. Y, la verdad, Andrés, es que después de conocerte, creo que ella tenía toda la razón. Eres dulce e inteligente...

—¡Y tú, eres una arpía...! —respondió Soto, sonriendo.

—Pero todo salió a pedir de boca. No tuve ni oportunidad de hacerte quedar como un zapato...

—La verdad es que yo también quisiera hacerte una confesión —le contestó Soto, mientras ordenaba otra ginebra y otra 'margarita'.

—Dime, cariño... —expresó con cierta curiosidad Susana– ¿qué quieres confesarme?

—Yo tampoco fui el que se acostó contigo... es decir, con tu secretaria.

—¿Que qué...? —contestó Susana, soltando una carcajada de indignación.

—Como lo oyes, preciosa... quien se acostó contigo, es decir, con tu secretaria, fue el jefe de mi seguridad y entrenador de mis caballos de salto. Cuando le conté al hombre que podía acostarse, por mi cuenta, con Susana Ruiz, casi se tuerce de la dicha. Le advertí que eras antipática, creída e insoportable y que sólo estabas haciéndolo por el cheque que él tenía que entregarte. El jefe de los escoltas es un ex teniente de caballería, de muy buena pinta, y es más o menos de mi altura y peso. Le entregué el cheque, uno de mis vestidos, una camisa de seda y una de mis corbatas inglesas…

—Pero, eres un malandrín, ¡mandar a un guardaespaldas a acostarse conmigo…! —respondió Susana, con una sonrisa— ¿por qué lo hiciste?

—La verdad es que yo quería darte una lección para que dejaras de hablar carajadas de personas a quienes ni siquiera conoces. Sutilmente, le dejaría saber a todo el mundo que como la princesita de Mónaco, te metías en la cama con los guardaespaldas…

—¿Y qué te hizo cambiar de idea…? —preguntó Susana.

—Me dijo Basilio, el jefe de seguridad, que eras una mujer absolutamente encantadora. Sencilla, amable, cariñosa, y una amante incomparable. Me dijo que yo estaba completamente equivocado en mi percepción sobre ti, y por eso acepté, sin vacilar, el almuerzo en Pajares antes de hacerte quedar como una 'zorra'…

—Pero, realmente eres es una víbora… —dijo Susana riendo— menos mal que todavía tengo el cheque, y si no te portas bien y me presentas disculpas, soy muy capaz de cobrarlo…

—Si miras el cheque, verás que es girado sobre el Banco Santander…

Susana sacó el cheque de su bolso y se dio cuenta de que el cheque, evidentemente, era del Banco Santander.

—¿Y…? —preguntó con curiosidad.

–Este banco desapareció del mapa en la crisis de los años 90, al fusionarse con el Banco Comercial

Antioqueño, que a su vez fue adquirido hace unos años por el Banco Santander Central Hispano de España. El talonario sin usar fue parte de la herencia de mi tío. De alguna forma, el cheque no vale ni el papel en que está escrito. Si hubieras intentado cambiarlo, te habrían llevado a la cárcel o a un manicomio...

—Eres una rata de alcantarilla... —le contestó Susana, soltando una carcajada de indignación— pero creo que habrías terminado en la cárcel haciéndome compañía...

—¿Por qué razón, mi querida fiera...?

—Recuerdas el recibo que mi secretaria le entregó a tu hombre, según tu solicitud, para poder deducir los impuestos...?

—Sí... lo recuerdo —contestó mansamente Soto.

–Pues si lo hubieras presentado a la DIAN, te habrían clavado 15 años de cárcel por intento de defraudar al Estado, ya que el Hospital San Pancracio nunca ha existido y el NIT que te dimos es más falso que un billete de 7000 pesos...

—Eres más sagaz y astuta de lo que pensé...

Susana y Soto llevan cerca de tres meses saliendo. El marido de Susana sigue sin concederle el divorcio. El jefe de seguridad de Soto y la secretaria de Susana siguen acostándose juntos cada viernes en la tarde.

cumplimiento, que a su vez había quitado hace unos años por el Banco Santander Central Hispano de España, [illegible] de parte de la beneficiaria. De alguna forma, el cheque no valía ni el papel en que estaba escrito. Si hubiera intentado cambiarlo, le habrían llevado a la cárcel a [illegible].

—Eso [illegible] —la [illegible] sin [illegible] carácter de indignación— pero [illegible] en la cárcel [illegible] encantado...

—¿Por qué razón, mi querida [illegible]...?

—Recuerdas el [illegible] que me [illegible] con mi solicitud para poder deducir los impuestos.

—Sí —lo recuerdo— contestó automáticamente Sofía.

—Pues si lo hubieras presentado a la DIAN, te habrían clavado 15 años de cárcel por intento de defraudar al Estado, ya que el Hospital San Pancracio nunca ha existido, y el NIT que le dan es más falso que un billete de 7000 pesos.

[illegible]

[illegible] meses no llevan cerca de tres meses asistiendo, [illegible] El [illegible] Sofía y [illegible] reunirse juntas cada viernes en la tarde.

TOP OF MIND

Los dos días en Pereira y Manizales fueron extenuantes. El grupo de tres *yuppies*, acompañados de su jefe, regresaba a Bogotá vía Medellín para tabular los resultados de un estudio exhaustivo hecho por su firma de Consultores Internacionales de Mercadeo, para una de las principales empresas de artículos de limpieza en América del Sur.

El objetivo del estudio era establecer el *Top of Mind* acerca de los detergentes, limpiavidrios y ceras en Colombia. En los estudios de *Top of Mind* se trata de determinar el nivel de recordación del consumidor hacia un producto, cuando se le hace la pregunta en forma desprevenida. Es decir, cuando la persona contesta lo primero que se le viene a la cabeza.

El pequeño grupo estaba esperando que se abriera el aeropuerto de La Nubia para poder abordar la avioneta que los llevaría a Medellín a continuar con la evaluación de las marcas. En Manizales, los pasajeros deben llenarse de paciencia, pues La Nubia puede permanecer cerrado 360, de los 365 días del año.

El jefe del proyecto, y vicepresidente regional de la empresa, Lucio del Valle, un hombre cercano al medio siglo y con varios kilómetros de recorrido en la vida, observó con curiosidad a una modesta empleada que limpiaba con papel periódico y revistas los enormes cristales del terminal.

Despierto y observador, pocas veces había visto del Valle en Colombia o en cualquier parte, a una mujer de porte tan elegante. Ojos profundamente azules, nariz delicada y recta, pómulos salidos, mentón puntiagudo, pelo castaño y liso, manos blancas como la loza y cuerpo pequeño y esbelto, todo dejaba entrever la cuna de esta mujer...

Aseadora o no aseadora... sirvienta o no sirvienta, a Lucio del Valle le nació una duda, rápidamente convertida en certeza, de haber visto anteriormente a esa mujer...

Del Valle recordó el caso de Samuel Vélez, un próspero cafetero que en 1999 había negociado un préstamo considerable, cerca de 3 000 millones de pesos de la época, para resembrar sus fincas de café por cacao. Para lograr el crédito, Vélez le entregó al banco un juicioso proyecto con sus flujos de fondos, y dio en prenda tanto las fincas como varios edificios de su propiedad en Pereira.

—Narciso... —le solicitó con amabilidad del Valle a uno de sus jóvenes colaboradores, señalando a la humilde empleada— pregúntele a esa mujer sobre las marcas de limpiavidrios.

A del Valle lo acompañaban tres de sus colaboradores *yuppies*, todos menores de 30 años. Amables, simpáticos y parranderos... su único defecto, como el de la mayoría de los profesionales de su edad, era haber bebido el aguardiente de la codicia en la universidad y haber incubado unas ambiciones de dinero y de poder que no siempre guardaban relación ni con su talento ni con sus habilidades.

Narciso Rodríguez, argentino, el más veterano entre aquellos *yuppies*, se acercó a la humilde mujer que, con su balde a un lado, le pasaba al ventanal el viejo periódico de la capital.

—Perdóneme, señora... pero, ¿cuál es el limpiavidrios que usted más recuerda?

La mujer se volvió para responder al joven alto y bien vestido con extraño acento que la interrogaba, pero no pudo ocultar su cara de sorpresa...

—¿Limpiavidrios?

—Sí... sí... limpiavidrios... el producto que limpia.

—¿...que limpia todo? —repreguntó la mujer.

—Sí... que limpia todo.

La mujer tomó desprevenidamente en sus manos un periódico y, sin titubear, contestó:

—El tiempo.

Desconcertado, el joven ejecutivo miró a la empleada con el periódico bogotano en la mano, y le indagó nuevamente:

—¿*El Tiempo* lo limpia todo...?

—Sí... todo... el tiempo limpia todo... —respondió— las manchas más aberrantes... los robos más descarados... los atropellos más flagrantes... todo esto y mucho más lo limpia el tiempo...

—Pero ¿podría usted mencionarme un limpiavidrios en concreto?

—Yo no sé de limpiavidrios en concreto, caballero... pero si sé qué limpia todo... y el tiempo lo limpia todo... —respondió la mujer, sin intención de hacer un retruécano, y queriendo reiniciar la limpieza de la ventana. El tiempo, joven... —añadió la fámula— convierte la deshonra en un sacramento. Cuando un mequetrefe –como alguna antropóloga de las costumbres humanas señaló– pone en duda la virtud de una madre, el insolente se expone a un duelo. Los caprichos de una abuela son asumidos con gracia. Pero si la bisabuela convivió con Núñez y la tatarabuela obtuvo los favores de Bolívar, no puede haber mayor honra para la familia. ¿Ve usted, joven, las capacidades purificantes del tiempo?

El ejecutivo regresó algo ofuscado y ciertamente con el rabo entre las piernas, a donde sus compañeros, y les explicó que la pobre mujer o era de una ignorancia supina o estaba más loca que una cabra.

—Pero ¿qué fue lo que te pasó?

—Che... no me lo van a creer... ¡qué barbaridad ¡...

—¿Qué te contestó...?

—Ahí ven ustedes a la pobre mujer limpiando las ventanas con el periódico *El Tiempo*... el de ustedes... el de Bogotá. Pues me ha soltado una cascada interminable de 'boludeces' de que *El Tiempo* lo limpia todo... y remató con un discurso sobre la honra de las bisabuelas putas... No entendí nada... absolutamente nada...pero como habla de hermoso...

—Pero, en concreto, ¿qué te dijo que limpiaba...?

—Creo que es más fácil señalar lo que no dijo que limpiaba... porque mencionó que *El Tiempo* limpiaba desde manchas hasta robos...

En el entretanto, Lucio del Valle seguía deshilvanándose los sesos tratando de ubicar a la mucama...

pero de alguna forma ya tenía la seguridad del vínculo de esta mujer con el caso de Samuel Vélez.

Algunos minutos después, Alberto Ucrós, otro de los jóvenes investigadores, vio a la empleada montarse en un pequeño taburete para seguir limpiando los ventanales con una revista.

Se le acercó por su cuenta y le preguntó:

—Perdón, señora... pero, aparte de *El Tiempo*, ¿cuál es el ingrediente que mejor limpia las ventanas?

—¿Ingrediente...?

—Sí... aquello que ayuda a borrar toda mancha.

—Sin duda, el dinero... —respondió la empleada, que tenía en sus manos un ejemplar algo viejo de la revista *Dinero*, con el cual estaba terminando la limpieza del cristal.

—¿*Dinero*? —preguntó, incrédulo, el *yuppie*.

—Sí... sí... y a pesar de que el tiempo lo limpia todo, el dinero acelera la labor de limpieza del tiempo. Toda mancha, toda vergüenza... es sujeta de ser expiada con la mágica presencia del dinero, el dios de nuestros tiempos y el mayor quitamanchas e higienizador que jamás se haya inventado en la historia...

Alberto Ucrós quedó mudo... arrepentido de haberse puesto de sapo y de haber hecho tan estúpida pregunta...

—Pero, la verdadera maravilla... —añadió la aseadora— es la combinación del tiempo con dinero. Los crímenes más aleves y las fechorías más descaradas... todas ellas desaparecen como por arte de magia.

El *yuppie* se retiró tan confundido como ofuscado, y les contó a sus compañeros:

—Narciso tiene razón. La pobre mujer parece haber perdido la razón... y me ha echado un sermón sobre el periódico y la revista que utiliza para lavar los ventanales...pero tiene el vocabulario de María Moliner...

Lucio del Valle recordó que hace unos tres años, Juan Sebastián Casas, el socio principal de Casas & Casas, una de las principales firmas de abogados de la capital, le había contado sobre un caso particularmente complejo. Lucio albergaba la certeza de que ese mismo día se encontraba en la oficina de Casas esa mujer, y a la salida se la presentaron.

Recordó que Juan Sebastián Casas le contó que entre 1998 y 1999 se desató una de las grandes crisis financieras por las que ha atravesado el país. Las torpes políticas en materia de intereses del Banco de la República –supuestamente con el fin de mantener dentro de una banda la tasa de cambio– llevaron a medio país a una cesación de pagos, lo que condujo a una inevitable crisis financiera. El gobierno de turno tomó una serie de medidas que llevaron a la liquidación de varias instituciones financieras y a la nacionalización de otras. El manejo dado a la crisis financiera fue un verdadero modelo de torpeza y de improvisación.

Al sector real, a los constructores y a los acreedores inmobiliarios, a quienes se les ha debido dar la mano, se les hizo pistola, y el resultado de tan incompetente manejo por parte de las autoridades fue la peor crisis económica del país en toda su historia.

Miles de casos se vieron... pero entre los más absurdos, el de aquellas personas que fueron atrapadas en el vórtice de los bancos liquidados. Es decir, aquellos que a partir de la orden dada por la Superintendencia Bancaria tenían que suspender sus operaciones de forma inmediata. En aquellos bancos, a los acreedores se les hacían efectivas sus acreencias y no existía posibilidad de revisión de los términos. A los ahorradores y a los depositantes se les devolvían sus fondos sólo a medida que se fuera recaudando la cartera.

Y en uno de esos bancos, en la sucursal de Santa Rosa de Cabal, se dio un caso extraordinario: Un cuantioso préstamo a quien en su día era el mayor caficultor de Santa Rosa de Cabal, Samuel Vélez Londoño. El crédito a Vélez fue aprobado por la junta directiva, pero su desembolso –por ciertos tecnicismos en el manejo de las hipotecas y del impuesto de timbre– se hizo a la cuenta de ahorros, y contablemente el banco lo registró como crédito de tesorería exigible a los 30 días.

Al ser ordenada intempestivamente la liquidación del banco, Vélez sólo había invertido 300, de los 3000 millones que el banco había depositado en su cuenta. Los 2700 millones de pesos restantes fueron depositados en una cuenta de ahorros que amaneció al día siguiente congelada, y sólo la mitad de esta suma, 1350 millones, le sería devuelta en el curso de los próximos cinco años. A valor presente, esos 1350 millones sólo equivalen a 500 millones de pesos.

El crédito de 3000 millones, sin embargo, se volvió exigible prácticamente de inmediato. El liquidador del banco procedió a embargar todas las propiedades de la familia Vélez, hipotecadas o no. Sus cuentas fueron congeladas, sus fincas, sembríos, semovientes, carros, apartamentos, muebles y cuadros, rematados.

Los liquidadores del banco actuaron ciñéndose a la ley... aquella ley tan absurda como draconiana que no permite que los ahorros ni los depósitos sean cruzados contra las acreencias. La familia Vélez quedó atrapada en los intríngulis absurdos de nuestra anacrónica legislación financiera.

Samuel Vélez Londoño no pudo soportar ver 30 años de trabajo esfumarse por la borda a causa de las imbecilidades de los gobernantes de turno, y sucumbió a un fulminante infarto cerebral, a los tres meses de la catástrofe.

Su viuda, Cruz Helena Vallejo Lagerkvist, hija de uno de los próceres de Rionegro, Rudesindo Vallejo, y de una preciosa dama, hija del cónsul de Suecia en Medellín, no tuvo otra alternativa que colocarse como aseadora en el aeropuerto de La Nubia, para darles de comer a sus dos pequeñas hijas.

El caso era de una inequidad protuberante. Por solicitud de un amigo común, el bufete tomó la determinación de defender a la viuda y a sus hijas y de adelantar todas las medidas y acciones legales para recuperar, aunque fuera de manera parcial, el patrimonio de la familia Vélez. Sin embargo, las posibilidades de éxito eran escasas, ya que Samuel Vélez, para ciertas personas, había cometido una de esas faltas que Fouché consideraba peores que un crimen: ser un hombre honesto.

A Lucio del Valle no le quedó duda sobre la mujer que limpiaba los ventanales. Ella tenía que ser Cruz Helena Vallejo, la viuda de Samuel Vélez Londoño.

Con discreción se le acercó y le preguntó:

—¿Cruz Helena...?

La apuesta mujer dio media vuelta para mirar quién la llamaba. Reconoció a aquel hombre que le presentó hace algunos años su abogado en Bogotá y quien muy gentilmente se había puesto a sus órdenes. Cruz Helena dedujo igualmente que era el jefe de estos jóvenes que tan curiosas preguntas le hacían. Su orgullo no le permitía aceptar reconocer a del Valle pero suavizó tanto el tono como la actitud. No se trataba de tomarles el pelo a unos mozalbetes.

—Perdone...

—¿No es usted Cruz Helena de Vallejo? —preguntó Lucio, algo confundido.

—El caballero posiblemente se equivoca...

—Sólo quería saber...

—¿Sobre los limpiavidrios?

—Sí... no... es que... –contestó Lucio con inocultable torpeza.

—'Easy-Off', por supuesto... no usaría nada distinto para limpiar las ventanas —respondió con malicia la empleada.

—¿Y... con qué...?

—¿Ingrediente...?

—Sí...

—Con amoníaco... naturalmente —respondió, con picardía, la mujer.

En ese momento los altoparlantes informaban:

"Aereocivil se complace en anunciar que el aeropuerto de La Nubia se encuentra nuevamente en operación para las llegadas y las salidas de todos los vuelos..."

Lucio del Valle regresó a su mesa para recoger su maleta y dirigirse a la puerta de embarque, pero estaba seguro de haber escuchado:

—De todas formas, don Lucio, salúdeme al doctor Casas, y ruéguele el favor de no olvidar a esta viuda...

EL BANQUETE

Por lo menos una vez al año trato de ver a mi entrañable amigo, Heliodoro Madriñán. No siempre es fácil: él vive en su hacienda de La Buitrera, a 15 minutos de Palmira, y yo, en Bogotá.

Nos citamos en Ginebra… Ginebra, Valle, por supuesto. Nos juntamos a comer sancocho. No cualquier sancocho. El sancocho ginebrino es algo muy especial: una suculenta sopa con unas presas o con toda una gallina cocida que luego se asa en un fogón de ladrillo. El sancocho es una deliciosa mezcolanza. Tiene como ingredientes, entre otros, plátano hartón, yuca, cimarrón, cebolla, ajo, gallina, azafrán de raíz, tomate, pimentón y ají dulce. Los puristas dicen que si no se forman 'ojitos verdes' con la grasa, ni es ginebrino ni es sancocho.

Ginebra es también conocida por su festival de música andina, organizado y dirigido por Benigno Núñez Moya, el *Mono* Núñez. Nacido en Las Playas, el *Mono* es uno de los músicos más populares en todo el país. Entre sus composiciones más conocidas están *Eutilia* y *A todo vapor*.

No siempre vamos a comer al mismo restaurante. A veces nos encontramos en Venecia a conversar con sus propietarios, los herederos de Ernesto Ocampo. Otras, en Los Guaduales, donde Piedad Arango de

Cuevas. También nos hemos encontrado en Albania, de los hermanos Jesús Herney y Jaime Plaza.

Hablamos de todo... pero principalmente de la familia y de la caña. Pocas veces hablamos de política... pero ese día Heliodoro me relató el cuento más estrafalario que había oído en mi vida:

Corría el año de 1993. El gobernador del Valle era presa de la aburrición. Los gobernadores pasaron del paroxismo de la angustia, cuando eran los absolutos responsables del departamento, a la estulticia del tedio. El gobernador, sencillamente, no tenía nada qué hacer. La Constitución del 91 les trasladó una gran parte de sus atribuciones a los alcaldes populares, y por eso pasaba casi todo el día contemplando con cierta melancolía los tiempos pasados, cuando fue dueño y señor de su departamento.

El gobernador pasaba horas en el balcón de la gobernación. Los transeúntes sólo alcanzaban a verle las uñas. Eran uñas impecables y brillantes –casi transparentes–, parte integral de unas manos blancas y obesas que agarraban desprevenidamente el balcón de la antigua casona colonial, transformada a principios de este siglo en el Palacio de la Gobernación. Cerca de una hora y media llevaba el gobernador ese día observando a los peatones que deambulaban por la Plaza de Caycedo.

Aquella bucólica –aunque urbana– escena dejaba entrever que el primer mandatario del departamento disfrutaba de una vida no propiamente agitada.

El gobernador escuchó algunos pasos que se acercaban al balcón.

—¿Quién esta ahí? —preguntó el mandatario.

—Soy yo, soy yo, Señor Gobernador —contestó Jorge Eduardo Giraldo, el secretario de gobierno del departamento.

—Siga... siga, Giraldo. ¿Qué me lo trae por acá?

—Con todo el respeto, Señor Gobernador, creo que está usted en mora de hacerles un homenaje a los alcaldes elegidos por el voto popular.

—A ver, Giraldo, ¿y por qué cree usted que debemos hacerles un homenaje a los alcaldes populares? —preguntó el gobernador al secretario de gobierno.

—Con el poder que les dio la nueva Constitución a estos tipos, debemos tenerlos en el bolsillo. De no ser así, nos bloquean lo poco que nos queda como programa de gobierno, Señor Gobernador.

—Me produce una *jartera* infinita, pero creo que usted tiene toda la razón.

—A mí me aburre meterme con ellos tanto como a usted, Señor Gobernador.

—Pero, en concreto, Giraldo, ¿qué cree usted que debemos hacerles como homenaje a estos 'piscos'?

—Un gran banquete en la capital, Señor Gobernador.

—¿Aquí, en la capital?

—Sí, aquí en la ciudad, Señor Gobernador... y debemos botar la casa por la ventana.

—Y ¿en dónde diablos les hacemos el banquete?

—Sin la menor duda, en el Club Colombia, Gobernador.

—¡Carajo, pero nos puede costar una fortuna!

—No hay duda, Gobernador... pero los dividendos políticos que podremos cobrar, más la 'mojada' en la prensa y en la televisión local lo justifican.

—Y ¿de dónde sacamos la plata *pa'esta* vaina?

—No se preocupe usted, Señor Gobernador. Yo ya hablé con Leonidas Tascón, el secretario de hacienda, y convinimos en meter los gastos en que incurramos en el banquete en la partida de "gastos especiales de la gobernación".

—Carajo, ¿y si nos echan del club por traer a esos 'pajarracos' tan poco recomendables?

—No se preocupe, Señor Gobernador. Puedo insinuarle al presidente del club que en caso de ser rechazada nuestra solicitud de llevar a cabo el banquete en el Club Colombia, el secretario de hacienda adelantará una breve revisión de las Declaraciones de Industria y Comercio de cada una de las empresas de los miembros de la junta directiva del club.

—Brillante, Giraldo, brillante. Sin duda, el petulante de Sanclemente se mojará en los pantalones... ¡Para eso es el poder! diría Echandía.

—Gracias, Señor Gobernador.

—¿Y a quién invitamos, Giraldo?

—Creo que es 'impajaritable' invitar a todos los alcaldes elegidos por el voto popular, y a sus señoras, Señor Gobernador.

—Pero, ¿habrá que incluir a todos esos 'pájaros' de extraño plumaje, Giraldo?

—No hay duda, Señor Gobernador, es imposible invitar a algunos, y dejar a otros por fuera.

—Entre otras, ¿cuántos de estos alcaldes tenemos en el departamento?

—Uno por cada uno de los 42 municipios, Señor Gobernador.

—¿Y cuántos de éstos son aves raras?

—No más de dos o tres.

—¿Y también tenemos que invitarlos?

—Absolutamente inevitable. Uno de ellos es el alcalde que sacó la mayor votación popular en todo el departamento. Los otros dos son los que más votos le endosaron en su pasada elección, Señor Gobernador.

—¿Y quién se encarga de escoger el menú y los vinos, Giraldo?

—No se preocupe usted, Señor Gobernador. Ya me reuní con Emperatriz Aldana, la directora de protocolo de la alcaldía, y escogimos un menú de lujo para 'epatar' a estos pobres diablos.

—Carajo, pero se las sabe usted todas, Giraldo.

—Por eso soy su mano derecha, Señor Gobernador.

"Este carajo va a llegar lejos" –pensó para sus adentros– "ojalá no me meta en líos".

—Y me imagino que vamos a darles salpicón de las mejores frutas del departamento, un magnífico sancocho de viudo de pescado y el trago será por cuenta de la licorera departamental...

—Con todo el respeto, ni de fundas, Señor Gobernador.

—Pero entonces, ¿en qué está pensando, Giraldo?

—A esta gente hay que epatarla, Señor Gobernador. Esas vainas las comen todos los fines de semana en sus pueblos. Tenemos que darles un menú estrictamente internacional –francés, de ser posible– con los mejores licores importados para acompañarlo. De esta forma no pensarán que estamos pordebajeándolos.

—Nuevamente tiene usted la razón, Giraldo. Pero ¿no nos va a costar este banquete una fortuna?

—Le repito, Señor Gobernador, que este punto ya está arreglado. Además, con la apertura es muy posible que nos salga mucho más barato que la comida y los tragos típicos de la Licorera del Valle.

—Y ¿para cuándo ha pensado en este banquete, Giraldo? —preguntó el gobernador, asombrado con la eficiencia y habilidad de su secretario de gobierno.

—El próximo sábado 7 de agosto, Gobernador.

—¿No está apresurándose…? Tiene usted sólo tres días.

—Algunos alcaldes como el de Cartago y el de Cerrito viajan el domingo al exterior, por dos semanas…

—Le entiendo… ¿y en cuanto a comida, qué ha pensado, Giraldo…?

—De entrada les daremos *escargots bourguignon*, Gobernador.

—¿No nos estamos subiendo de lote?

—En lo mínimo, Señor Gobernador. Quedarán deslumbrados por el resto de sus vidas. De plato principal les daremos *beef Wellington*, y ojalá salpiquen la comida con ríos de Borgoñas, —contestó el secretario de gobierno.

—Me temo que se nos está yendo la mano, Giraldo.

—Déjelo en mis manos, Señor Gobernador.

—Y ¿cómo sentamos a los invitados?

—El único problema es el alcalde de Cerrito, Señor Gobernador.

—¿Y por qué puede ser un problema, Giraldo?

—Ya que fue el alcalde popular elegido con el mayor número de votos, tiene que ocupar el sitio de honor, Señor Gobernador.

—¿Y es uno de los 'pajarracos' ?

—Es uno de ellos, Señor Gobernador... —respondió el secretario de gobierno— pero no tenemos por qué preocuparnos.

—¿Y qué piensa hacer al respecto, Giraldo?

—Lo sentaremos al lado de su señora, y al lado de la esposa del alcalde de la capital, Señor Gobernador. Este es el protocolo.

—¿Es inevitable?

—No sólo inevitable, sino conveniente, Señor Gobernador... —respondió confiado el secretario de gobierno, y añadió—: ellas lo mantendrán a raya toda la noche.

—Así lo espero —observó secamente el gobernador.

No sería exagerado observar que aquella noche del 7 de agosto, el Club Colombia se hallaba enarbolado como nunca. Linternas de aceite adornaban la entrada al club desde la Sexta hasta la Avenida Colombia, y enormes arreglos de flores se desbordaban desde la entrada hasta las escaleras que conducían al gran salón.

Un quinteto musical en uniforme de gala, perteneciente a la sinfónica departamental, tocaba discretas partituras de selectos compositores clásicos.

En el Gran Salón aguardaba a los invitados el coro de la Universidad Santiago de Cali, compuesto por 30 jóvenes cuyo prestigio en el campo musical era indiscutible a nivel nacional. El Gran Salón estaba cubierto con claveles y rosas multicolores, y en cada una de las 10 mesas se encontraba un arreglo de orquídeas.

—Te has lucido, Jorge Eduardo, te has lucido —le dijo amablemente la señora del gobernador al secretario de gobierno.

—Sin duda, Giraldo, se ha usted lucido… —agregó el gobernador— Luz Estela tiene toda la razón, se ha usted lucido.

Jorge Eduardo Giraldo estaba más que orgulloso de su capacidad de organización y, erguido como un pavo real, hacía parte con su esposa del comité de recepción que se encontraba en las escaleras a la entrada del club, en compañía del alcalde de la capital del departamento y de todos los secretarios del despacho, aguardando la llegada de los invitados.

—Buenas noches, señor alcalde… bienvenido —iniciaba así el saludo el gobernador a cada uno de los alcaldes del departamento que hacía su entrada al club en compañía de su cónyuge. Una vez saludaban al gobernador y a su esposa, los invitados procedían a saludar a cada uno de los integrantes del comité de recepción.

El primero en llegar fue un moreno corpulento con una enorme sonrisa y una indiscutible apariencia de bonachón: el alcalde de Cerrito.

Cerca de una hora duró la llegada de los invitados. En el entretanto, los que se encontraban en el club dialogaban animadamente con los anfitriones.

—¿Y cómo van las cosas? —preguntó amablemente el gobernador al alcalde de Cerrito.

—Todo bajo control, Gobernador… —contestó el alcalde, y añadió: tiene que ir a visitarnos por allá.

—Claro que sí, claro que sí… pero tengo entendido que viaja en estos días al exterior.

—Si no tengo con qué quedarme, mucho menos con qué irme… —contestó el morenazo.

—¿Y cómo ve el panorama político? —preguntó otro de los alcaldes al gobernador.

—Despejado, mompa, despejado… —respondió el gobernador— las cosas van mejorando.

—Ya llegaron todos los invitados, y si usted así lo considera, podemos seguir a la mesa, Señor Gobernador, —interrumpió la conversación el secretario de gobierno.

—Adelante, Giraldo… proceda usted a acomodar a nuestros huéspedes —contestó el gobernador.

Al entrar los primeros invitados al gran salón, el coro de la Universidad Santiago de Cali entonó el himno departamental. Algunas lágrimas de emoción brotaron de los ojos de la señora del gobernador.

Jorge Eduardo Giraldo y Emperatriz Aldana fueron colocando ante sus respectivas mesas y sillas, a cada uno de los invitados.

Una vez que todos los invitados tomaron asiento, un tropel de criados apareció por los cuatro costados del salón con los suculentos *escargots bourguignon*.

Fue tal la curiosidad de los invitados con el exótico plato, que sorprendentemente nadie se percató de los primeros ruidos.

"Grounchhh... grounchhhh... grounchhhhhh"

Los chasquidos eran cada vez más sonoros, y la mayoría de los asombrados comensales se percató de que aquellos desgarradores crujidos provenían de la forma tan peculiar como alguno de los invitados estaba atacando los *escargots*.

"Grounchhhhh... grounchhhhh... grounchhhhhhh"

Nadie podía creer lo que estaba ocurriendo. Los menos discretos dirigieron sin disimulo alguno sus atónitas miradas a la mesa de donde provenían los estridores:

¡Era... era... era nada menos que la mesa principal!

"Grounchhh... grounchhhh... grounchhhhh"

El desalentador rechinamiento de una mandíbula triturando la concha logró silenciar cualquier otra conversación que se estuviera llevando a cabo en el salón.

"Grounchhhhh... grounchhhhh... grounchhhhhh"

Los murmullos indiscretos empezaron a hacerse notar, pero el alcalde de Cerrito se mantenía impertérrito ante las angustiosas miradas de prácticamente todos los comensales.

"Grounchhhhh... grounchhhhhh..."

Un sepulcral silencio cubrió el amplio salón. Sólo un ruido se escuchaba en el cavernoso recinto:

"Grounch... grounchhhh... grounchh..."

El gobernador nunca había contemplado esta pesadilla. Se dio cuenta de que le tocaba actuar de inmediato para evitar el fracaso de su banquete, en medio de una escena tan ridícula como inevitable.

Misericordiosamente no le tocó al gobernador levantarse de su puesto, ya que con la sola mirada le indicó al secretario de gobierno que se acercara de inmediato a su mesa.

—A sus órdenes, Señor Gobernador.

—¡Carajo!, Giraldo, haga algo de inmediato, que esto se nos está poniendo color de hormiga.

Jorge Eduardo Giraldo era un hombre recursivo. Se dio cuenta inmediatamente de que tenía que apartar al alcalde de Cerrito de la mesa, para explicarle la bestialidad que estaba cometiendo con los *escargots*.

Al llegar a la mesa del alcalde, los "grounchhhhhhhh" eran cada vez más estrepitosos.

—¡Señor Alcalde, Señor Alcalde, tiene usted una llamada urgente! —le expresó el secretario de gobierno al alcalde de Cerrito.

El alcalde recibió sin inmutarse la razón del secretario y, colocándose el último *escargot* en sus fauces, se levantó de la mesa.

"Grounchhhhh... grounchhhhh... grounchhhhhh..." resonaba el alcalde a medida que atravesaba el gran salón detrás del secretario de gobierno.

Una vez se encontraron en el amplio corredor que conducía a la salida del Club Colombia, el secretario de gobierno se detuvo y, en tono desafiante, le preguntó al burgomaestre de Cerrito:

—Señor Alcalde, Señor Alcalde... ¿se da usted cuenta del espectáculo que está dando, sobre todo delante de ese par de señoronas como son la esposa del gobernador y la esposa del alcalde de la capital?

El alcalde de Cerrito ni siquiera se inmutó. Despidiendo por un rincón del hocico los restos del último *escargo*t, respondió sin vacilar:

—¡Carajo!... ¡Que alivio... pensé que estaba tragándome la dentadura!

El resto de la cena transcurrió sin mayores novedades. A la salida, el gobernador y su señora se despidieron personalmente de cada uno de los alcaldes. Al de Cartago le dijo:

—¿Y se desplaza al viejo continente, Señor Alcalde?

—¿Perdón...?

—Me mencionó el secretario de gobierno que usted salía de viaje el domingo, por tres semanas.

—De golpe me doy una pasadita por Obando y La Victoria... pero si no tengo ni con qué pagar el impuesto de salida, mucho menos el pasaje, Señor Gobernador.

A la mañana siguiente, el gobernador llamó a su despacho, a Jorge Eduardo Giraldo.

—Tengo que felicitarlo, Giraldo. Fuera del divertido incidente de los *escargots* y el alcalde de Cerrito, todo salió de rechupete.

—Muchas gracias, Señor Gobernador.

—Pero, cuénteme usted, Giraldo... ¿por qué tenía usted tanta prisa para hacer este banquete?

—No le entiendo, Señor Gobernador...

—Dejémonos de carajadas, Giraldo. Yo a usted le tengo un gran aprecio y el banquete fue una excelente idea. Pero la excusa del viaje de los alcaldes de Cerrito y de Cartago al exterior es 'paja'... así que dígame la verdad y no me coja de 'huevón'.

—La verdad, Señor Gobernador, es que mi matrimonio estaba en juego, y gracias al banquete se ha salvado —contestó taimadamente el secretario de gobierno.

—Barájemela... Giraldo... barájemela con mucho cuidadito porque esta vaina es lo más extraño que he oído en mi vida...

—¿Puedo contar con su discreción?

—Absoluta...

—Mi mujer es un ángel caído del cielo, Gobernador. Es inmensamente piadosa. Lleva cerca de dos años guardando un riguroso luto a raíz del asesinato de su único hermano, por la guerrilla, en el Cañón de los Guacharacos. No ha querido regresar a su pueblo, Bolívar, y rehuye toda vida social... pero le dejé entender que de no acompañarme al banquete, mi puesto estaba en peligro...

—Sigo totalmente perdido...

—Hace una semana me emparrandé en Juanchito con el senador Castillo y terminamos con unas alegres damiselas en Los Guamos, un motel en la autopista a Yumbo.

—¿Y...?

—Pues que me pegaron una enfermedad venérea...

—No me lo diga...

—De ello sólo me percaté hace dos días, cuando me lo confirmó el médico de la gobernación. Pero ya había tenido relaciones carnales con mi mujer, a quien le pasé la infección...

—¡Qué 'bollo' tan berraco!, Giraldo...

—Tenía que actuar con premura para que Rosario, mi mujer, empezara a tomar los antibióticos. El único médico en que ella confía es en el pediatra que la cuidó en Bolívar cuando era niña, Eccehomo Jaramillo, el actual alcalde del pueblo.

—¿Cuál era su plan...?

—Le conté a Eccehomo, quién es un ser humano admirable, mi tragedia, y quedamos en llevar a cabo un plan...

—Siga... Giraldo...

—Durante el banquete, hice que Eccehomo se sentara al lado de ella y recordaron la infancia de Rosario y la familia de ella... Entre anécdotas y reminiscencias le dijo Eccehomo a Rosario que le veía apagado el iris del ojo y que pensaba que se trataba de deficiencia de caroteno, que en esencia es vitamina A. Le hizo prometer a Rosario que durante 10 días se tomaría las vitaminas que el mismo Eccehomo le daría, ya que un laboratorio se las había regalado...

—¿Y las vitaminas realmente eran...?

—¿Entiende usted, Señor Gobernador, mi urgencia?

El gobernador soltó una estruendosa carcajada...

EL PUENTE ESTÁ QUEBRADO

Fue en Barranquilla en donde se urdió, en febrero de 1978, la trama que nos concierne. La noche del 21 de febrero de 1978, para ser más exactos.

Ocurrió en medio del carnaval de Barranquilla, el mayor ritual de la 'Arenosa', como afectuosamente llaman los barranquilleros a su urbe. El carnaval alcanzó su deslumbrante protagonismo con su música, sus congos, la guacherna, la danza del Garabato, la lectura del bando, la batalla de flores, la gran parada, el festival de orquestas, el célebre entierro de *Joselito* y la insólita recreación de la leyenda del 'hombre caimán'.

Nos cuenta el escritor Alfredo de la Espriella: "Por eso en el bando tradicional del 20 de enero, cuando la soberana de las carnestolendas da lectura en la Plaza Principal a su '¡Ordeno y Mando!', todo el mundo acepta con frenesí y comparte la decisión plebiscitaria de la reina, que dispone que, a partir de la fecha, se declara a 'Curramba la Bella' en estado… de sitio carnavalero y se otorga amnistía general a los alzados… en copas. Otrosí: también se previene en el mismo bando que todo barranquillero debe salir a la calle con su disfraz, so pena de multa sin recurso de *habeas corpus carnavalescum*, y que queda prohibido, bajo pena de extradición etílica, demostrar por la calle depresión o con su *jartera* o estrés atentar contra el desorden legítimamente constituido por el imperio del 'Rey Momo' y la gracia del pueblo costeño. Carnaval, obviamente, es desorden, bulla, guachafita, bololó, trepequesube, zafarrancho, plequepleque, y coge-coge".

Y para bien entender la trama que nos proponemos narrar, es necesario igualmente comprender el fenómeno de la 'marimba' que azotó la Guajira, Santa Marta y Barranquilla durante buena parte de las décadas de los 60 y 70.

Las teorías del eminente profesor de Harvard, Timothy Leary sobre los beneficios en el consumo de sustancias sicoactivas, principalmente el LSD, llevaron a una serie de jóvenes en California, Nueva York y Massachussetts a imponer la moda de la marihuana, el *cannabis-sativa* o simplemente la 'marimba', en la jerga local de nuestros costeños.

Resultó ser la Sierra Nevada de Santa Marta uno de los lugares privilegiados en el planeta para el cultivo de la marihuana. La *Colombian Gold* y *Santa Marta Red* se impusieron como las marcas más selectas en la vanguardia de los mercados estudiantiles y de los *hippies* en el mundo entero, con una fuerza y un dinamismo que ya envidiaría Juan Valdéz para nuestro Café de Colombia.

Algunas distinguidas familias, tanto de Santa Marta como de Barranquilla, entraron de lleno en el negocio de la 'marimba'. El grueso del mercado, sin embargo, estaba controlado por los guajiros. La ganancias en pocos años fueron fabulosas. Pero, de la misma forma en que el negocio tuvo un auge vertiginoso, con la entrada de productores en México y en la misma California –mucho más eficientes y más cercanos a los centros de consumo–, el desplome del la 'marimba' samaria y guajira fue repentino, y miles de 'marimberos' guajiros quedaron en el asfalto y con deseos de arrebatarles los negocios del alijo de whisky y de cigarrillos a los tradicionales capos del contrabando de Barranquilla y de Maicao.

Estas luchas por el poder entre los guajiros *arrivés* y *patialsuelo* y los contrabandistas de alcurnia y tradición en la Costa, hicieron correr sangre en Barranquilla, a mediados y finales de los 70.

Aquella lúgubre noche, el más preocupado, posiblemente, era Meyer Schmidstein. Huérfano a temprana edad, a los 20 años logró huir de los *ghettos* de Leipzig, poco después de la invasión de Hitler a Polonia, en 1939. A su llegada a Barranquilla, su habilidad con los números le permitió ser contratado como auxiliar de contabilidad en algunas de las empresas de los Farinelli en el Atlántico.

La inteligencia y la astucia de Meyer le permitieron ser adoptado por don Ferruccio Farinelli, quien pagó la educación del joven Schmidstein. Don Ferruccio, haciéndole justicia a su nombre, se había iniciado en el negocio de las harinas y de las pastas, pero la ventaja descomunal que le llevaban los Mancini en la Costa, y los Sesana en la capital del país, lo hicieron abandonar este negocio. La postración del *Alemán* se debía a que él fue el estratega del segundo cambio radical de los negocios de don Ferruccio. Meyer aconsejó a los Farinelli mantener la fuente principal de ingresos de la familia, el contrabando de whisky y de cigarrillos, y no entrar en el negocio de la 'marimba', como aconsejaban los dos vástagos de don Ferruccio. El *Alemán* logró convencer al viejo capo de que la marihuana sería flor de un día, pues la facilidad en producirla haría que los mexicanos sacaran a los colombianos en muy pocos años, del negocio, como evidentemente ocurrió.

Por el contrario, Meyer persuadió a don Ferruccio de entrar de lleno en actividades igualmente rentables, pero con mucho menor riesgo y, ante todo, con la inmensa ventaja de ser bien vistas y sólo estar tangencialmente al margen de la ley. Esta nueva actividad era nada menos que la política y todos los pingües negocios derivados del poder político en los niveles municipal y departamental.

Los Farinelli se metieron de lleno en esta nueva actividad, y en muy pocos años lograron armar un cuasimonopolio en la recolección de basuras y en las obras civiles para prácticamente todos los municipios y departamentos de la costa atlántica. Acrecentaron en progresión geométrica su poder económico y político y obtuvieron simultáneamente la respetabilidad social que nunca llegaron a tener en sus anteriores actividades. Y todo ello estaba a punto de desaparecer por culpa del derrumbe de unos miserables puentes sobre los principales caños de la 'Arenosa'.

Ya adentrándonos en nuestra trama, el ambiente esa noche en el amplio vestíbulo de la biblioteca de la enorme casa situada en el barrio de El Prado en

Barranquilla, era tenso. Más que tenso, gélido –casi impenetrable–, agravado por el aire acondicionado. El día anterior había empezado la monumental trifulca, el frenesí y la inenarrable parranda del carnaval de Barranquilla.

Precisamente todos los presentes, con excepción de don Ferruccio, venían de participar –montados en la carroza de la Constructora Farinelli, y estrenando sus cada día más espectaculares y atrevidos atuendos– en la batalla de flores, el evento que desde 1904 abre las fiestas del carnaval. Después de la guerra de los Mil Días, el general Heriberto Vengoechea, también conocido como el general *Carajo*, inventó la batalla de flores para revivir el carnaval. En su inicio por las calles barranquilleras, dos grupos sobre coches de caballos se batían en floral y franca lid por el callejón del Cuartel y por la Avenida 20 de Julio. Hoy día, la batalla se centra en la Vía 40, llamada el *cumbiódromo*, y el desfile se compone de gigantescas carrozas que recorren la ciudad en abierta francachela, envueltas en flores artificiales decoradas por expertos artesanos *carnestoléndicos*.

En la mesa principal se sentaban en amplias poltronas cinco de los personajes de esta trama. En el centro se encontraba arropado en su magnífico disfraz de seda en rombos morados y amarillos, el dueño de casa, don Ferruccio Farinelli, patriarca del clan Farinelli. Durante el carnaval, don Ferruccio era el capitán de la cumbiamba "el pollo gavilán". Después de aquella de "el gallo giro" era la cumbiamba más antigua y auténtica del carnaval. Dicha capitanía le permitía a don Ferruccio portar un solemne y gigantesco báculo de guadua para arriar a su recua de jefes y subjefes. Las lenguas viperinas insistían en que el viejo Farinelli era el incontrovertible *capo di tutti capi* de las familias costeñas de mafiosos. Como generalmente ocurre, a las lenguas viperinas les sobraba razón.

El mal genio de don Ferruccio era legendario. En su pésimo español, pero generalmente en italiano, insultaba constantemente tanto a sus colaboradores como a sus hijos.

A la derecha de don Ferruccio se sentaba el gerente operativo de la 'familia', Ian Fitzcarraldo Manotas, un gigante pelirrojo, cuyo padre era un aventurero irlandés, y la madre, una princesa guajira. *Pulgarcito*, como afectuosamente era conocido en la ciudad, medía más de dos metros de altura y asustaba las básculas con más de 300 libras de peso. Pulgarcito, tan leal como ingenuo, estaba preparándose como el 'Rey Momo' en los ensayos finales de la comparsa "marimondas del despeluque", una de las más despelucadas del Country Club.

A la izquierda del capo se encontraba el taimado Meyer, o el *Rubio de mied´da*, apodo con el cual los barranquilleros, innatos *mamadores de gallo*, lo llamaban. Meyer estaba esplendoroso en su disfraz de "torito encabritado" y en estos carnavales planeaba ejercer como "mariscal" en la "danza del congo grande".

Finalmente, en los dos extremos se hallaban Fabrizio y Filippo Farinelli, los dos hijos mayores de don Ferruccio, vicepresidentes ejecutivos de Construcciones y Basuras Farinelli. Los *piccolos Farinellis*, como eran distinguidos tanto en la 'Arenosa' como en Cartagena, Riohacha y Santa Marta, iban disfrazados, Fabrizio, de 'Hombre Caimán', con una fenomenal cola de *papier-maché* en forma de cocodrilo y con aquel reluciente diente de oro señalado por la leyenda como Saúl Montenegro, el caimán original. El otro, Filippo, de 'Caimán cienaguero'. Esta es la historia de un reptil que se comió a Tomasita, la hija de Manuel Bujato y de Carmelia Urieles, un 20 de enero de 1884, el día de su cumpleaños.

La despampanante casona de los Farinelli estaba situada en el barrio El Prado, diseñada y construida en los años 20 por el legendario americano Karl C. Parrish, y en cuyo nombre se bautizó el primer colegio colombo-americano de Barranquilla. Con amplias avenidas, antejardines y parques, El Prado le hace honor a la 'Arenosa', que en su día fue no sólo la ciudad más pujante de Colombia, sino el puerto más importante del Caribe.

Dada su ubicación al lado del Magdalena, Barranquilla en el siglo XIX se convirtió en la "puerta de oro" donde llegaban por montones los inmigrantes europeos como los Farinelli, encaramados en las mercancías traídas del viejo mundo. El auge industrial de Barranquilla, a principios de siglo, fue imponente. Alberto R. Osorio fundó en 1913 la Cervecería Barranquilla, más tarde convertida en la Cervecería Águila. SCADTA, la precursora de Avianca, también fue establecida por aquellas fechas. Don Generoso Mancini estableció un emporio de molinos de trigo, y el santandereano Celio Villalba se enriqueció con el Café Almendra Tropical.

Don Ferruccio había contratado a un renombrado arquitecto de Cartagena, Euclides de la Espriella, para que prácticamente le duplicara en la 'Arenosa' la casona del marqués de san Jorge de la ciudad amurallada. Aquella casa del marqués en Cartagena –perteneciente a uno de los pocos nobles que pisó nuestras tierras– tenía dos plantas con entresuelo, dos zaguanes, tres patios interiores y cinco aljibes, y era, posiblemente, la casa principal del 'corralito de piedra'. El único cambio llevado a cabo por don Ferruccio fue llenar los pisos y las paredes de mosaicos de colores, fabricados por Ángel María Palma.

La casa de los Farinelli podría llegar a ser considerada una de las principales casas de Barranquilla, con aquella de los Yidi, construida por el arquitecto venezolano Ricardo Pocaterra; la de Alberto Marulanda Grillo, originalmente construida por Paul Grosser y que luego pasó a manos de don Tirso Schemell, y la hermosa villa al estilo renacentista, de don Generoso Mancini.

Regresando a la sala de la casona, con un vozarrón digno de Vulcano, don Ferruccio bramaba por el frío, en esa divertida mezcla de italiano y costeño:

—Oye... *¿dobiamo morire tutti geltti? Abre quella finestra.*

Schimdstein trató de entrar en materia, al afirmar mientras tosía:

—Esta situación es insostenible *coff... coff...* otro puente al suelo significa el fin de la familia... *coff...*

coff... (Se refería a los inexplicables derrumbes cuando se llevaban a cabo las pruebas de resistencia de los cuatro últimos puentes construidos por Construcciones y Basuras Farinelli).

El patriarca no tardó en regañar al *Alemán*:

—Ahá... porque no dejas *di tosseri e lascia i suoi germi in famiglia*... carajo... *non li voglio*.

—La ruina, *patroni*, nos amenaza en medio de nuestro mayor triunfo..., —expresaba con inocultable desconcierto *Pulgarcito*, en alusión a la virtual liquidación material de cada uno de los integrantes de las familias Cárdenas y Valdeblánquez, guajiros de pura cepa, quienes se atrevieron a desafiar el imperio económico y el poder político de los Farinelli.

Más de 14 miembros de las dos familias rivales fueron despachados en los últimos tres meses por los hombres al mando de *Pulgarcito*, y sólo quedaba media docena de otros integrantes quienes, de acuerdo con el irlandés, serían liquidados en las próximas semanas.

—Oyé... quítate de acá porque estas *troppo grosso e occupi due posti, ma ne ha pagato uno solo*... —le interpeló don Ferruccio a Fitzcarraldo, molesto con la interrupción del pelirrojo, y conminándolo a alejarse, ya que le incomodaba su cercanía.

Fabrizio Farinelli, el vicepresidente de la empresa responsable del diseño y estructura de los puentes, expresó con inusitada firmeza, mientras movía su espantosa cola de lagarto y dejaba entrever su diente de oro:

—Ayer recibimos de la Escuela de Minas de Medellín las evaluaciones sobre el estudio de suelos, el diseño, los cálculos estructurales y la geometría de los puentes derruidos. Confirman los expertos de la Escuela que desde todo ángulo las especificaciones de los puentes se ajustan con amplio margen a los requisitos del tránsito estimado y que las pruebas de resistencia se realizaron en forma correcta, –dijo con firmeza.

Sorprendido con los estrafalarios colores del disfraz de su vástago, le preguntó don Ferruccio:

—*¿I suoi capellutto e inetto*?

—Por mi lado… —añadió Filippo, tratando de no reírse por el regaño a su hermano— me ha enviado la Universidad Industrial de Santander la evaluación de los materiales de cada uno de nuestros proveedores, y en especial los de cemento y hierro, y han encontrado que todos los materiales se ajustan a las especificaciones requeridas para este tipo de puentes.

—Oye tú, por qué no te quitas *quel l´orrore che ha in testa* —le reclamó el viejo a su segundo hijo, señalando el horrible sombrero que llevaba en la cabeza— …*¡é spanttosso*!

—También he recibido el certificado independiente de tres de los principales ingenieros internacionales en estudios de suelos y diseño de puentes, al igual que la de otros dos expertos en análisis estructural y en pruebas de resistencia, y todos coinciden en que las fallas no se encuentran ni en el diseño de los puentes, ni en las estructuras, ni en la forma en que se adelantaron las pruebas de resistencia. Igualmente, afirman que los cálculos de cimentación de cada uno de los ejes, las pilas, las vigas longitudinales y el tablero fueron los correctos, terció nuevamente Fabrizio.

—*¿É probabili che sti scimmione irsutos* nos están robando parte de los materiales en el sitio mismo de las obras?, —irrumpió don Ferruccio, haciendo referencia a los guajiros como simios.

—No creo que esto sea posible, *Padrone*... —afirmó el pelirrojo *Pulgarcito*. Todos y cada uno de nuestros capataces y maestros de obra son parte integral de la 'familia' y llevan por lo menos 10 años en sus labores. Como precaución adicional, contratamos dos interventores independientes que han seguido paso a paso la construcción de los puentes.

—Por mi parte, he revisado detenidamente cada uno de los comprobantes de materiales recibidos y utilizados en la obra, y los he contrastado con los comprobantes de contabilidad y los informes de los dos interventores, y no he encontrado ninguna discrepancia... es más, sobraron 14 bultos de cemento —aseveró Schmidstein.

—¿Existe la posibilidad de que nuestros enemigos disimuladamente estén desmoronando nuestros puentes? —preguntó Filippo, mirando acusadoramente a Fitzcarraldo.

—Imposible... —respondió categóricamente el irlandés. Mi objetivo en los últimos meses ha sido desaparecer físicamente a todos nuestros enemigos guajiros.

—*¿Quante persone ha ucciso oggi?* —le preguntó el viejo Ferruccio, cínicamente.

—Por otra parte, es claro, con base en las investigaciones realizadas hasta el momento, que la caída de los puentes fue autónoma e independiente de factores externos, —interrumpió Fabrizio Farinelli.

—¿*É allora* ahá, quién es esta *pettegola maligna,* carajo? —exclamó irritado el patriarca.

—Infortunadamente, papá, no tenemos respuesta en este momento, —respondió tímidamente Filippo.

—¿*Ma insomma, avete preso la laurea per costruire castelli di carti è mai riuscito a costruire qualcosa che funciona*? —les reclamó don Ferruccio a sus hijos.

–Cada uno de nosotros debe entender la insostenibilidad de la actual situación… —comentó retraídamente Fabrizio— porque una cosa es sobrefacturar en forma desmedida las obras contratadas con el sector público que generan los mayores ingresos de la 'familia', y otra es el derrumbe de las mismas obras. No existe poder ni control político en el mundo que resista las reacciones del público y de la prensa contra nuestra empresa. No hay un solo periódico ni una sola estación de radio o televisión que no estuviera presente cuando se adelantaron las pruebas de resistencia y se derrumbaron los tres últimos puentes. Fuimos unos idiotas en inaugurar los puentes unos días antes del carnaval. La prensa, la radio, y la televisión de todo el país está en Barranquilla…

—… Somos la comidilla de la ciudad y, por más dominio político que tengamos en los municipios y en los departamentos, por más fiscales y policías que tengamos en nómina, y por más jueces y jurados de diversas instancias que estén en nuestro bolsillo, la situación es indefensable. La supervivencia de la 'familia' está en juego. Es absolutamente necesario establecer la razón por la cual se están derrumbando nuestros puentes y darle una solución inmediata…

de no ser así, todo será *caput... caput... caput...* —agregó Filippo.

—Pero ¿qué nos falta hacer para establecer en forma definitiva lo que ocurrió y los correctivos a tomar? —preguntó con mal disimulado desasosiego, Meyer.

—La única evaluación indispensable es el estudio de un patólogo estructural —contestó Fabrizio Farinelli.

—Y ¿qué diablos *sei uno* patólogo *strutturale*, *caro mío*? —interpuso don Ferruccio.

—Es el equivalente en ingeniería civil al médico forense, o sea aquella persona que hace la autopsia de una obra que se derrumba.

—Y ¿es que a las vigas de cemento se les hace necropsia, mi querido Fabricio, o le estás *mamandi galli* a tu anciano y venerable padre?

—¿Cómo se te ocurre, papá? las necropsias son pan de cada día... —contestó el mayor de los Farinelli.

—Pues, de ser ese el caso, contratemos de forma inmediata al principal experto en ese campo, cueste lo que cueste, —afirmó Meyer.

—Tenemos, desafortunadamente, un pequeño problema a este respecto —contestó tímidamente Filippo.

—Anda, muchacho ¿Y qué *sei il piccolo problema* que el dinero no pueda solucionar, mi caro Filippo? —preguntó condescendientemente don Ferruccio.

—Pues que el principal experto a nivel mundial en patología estructural es nadie menos que tu sobrino, Felicce, el hijo de Fiametta y Federico Farinelli. Siempre has insistido en ocultar a tus parientes en Italia, según tus propias palabras, los negocios de la familia.

—¡*Porca miseria*! –exclamó el viejo Ferruccio.

—Son tus órdenes, papá…

—Al carajo mis órdenes… —bramó irritado don Ferruccio— la supervivencia de la dinastía está en juego. Debemos llamar a Felicce cuanto antes.

—La verdad, Papá, ya lo hemos llamado. Hace un mes, de común acuerdo con Fabrizio y con *Pulgarcito*, contactamos a Felicce para adelantar una evaluación patológica de las estructuras y de los materiales de los tres primeros puentes derruidos. Felicce ya tiene su informe y se encuentra esperándonos en la antesala —manifestó, con cierto resquemor, Filippo.

—*Tutti zoticones meschinos é insensati* han desobedecido mis órdenes expresas, pero comprendo que la situación así lo requería… que siga Felicce.

—Adelante, Felicce… —vociferó el irlandés.

—*Buonna sera* tío, …*buonna sera* Fabrizio, buenas Filippo, *buonna sera* Meyer, *buonna notte, Pulgarcito.*

—*Buonna sera, caro mio* —le dijo cariñosamente el abuelo a su sobrino.

—*Buonna sera*, Felicce…, —le respondieron los otros cuatro contertulios.

—¿Y qué noticias nos tienes *dei ponti*? —preguntó el viejo.

—He encontrado la causa del desplome de los puentes.

—¿Y te fue difícil, *caro mio* …?

—No, tío… Un examen minucioso de los materiales esparcidos en el río me permitió entender que la falla se encontraba en uno de los elementos principales que componen las planchas de concreto armado. Pero no encontraba explicación lógica a mi sospecha, a la luz de las evaluaciones exhaustivas de los materiales por parte de los expertos de la Universidad Industrial de Santander, hasta que, por casualidad, hace un par de días oí unos ruidos extraños en el lugar donde se estaban fundiendo las planchas de concreto armado, y me acerqué a ver qué estaba ocurriendo.

—¿Y qué fue lo que oíste, *testa pelata*...? —preguntó alarmado el abuelo, haciendo referencia a la calvicie de su sobrino.

—En ese momento llegaba *Pulgarcito* a las bodegas al lado del edificio de la aduana con dos capataces arrastrando un cadáver que rápidamente incorporaron a la plancha de concreto armado del cuarto puente cuya fundición se realizaba en ese momento. Nadie se dio cuenta, pues *Pulgarcito* aprovechó el estrepitoso y sonoro desfile callejero de la guacherna. En los barrios populares, las reinas arman sus comparsas para recorrer la ciudad entre el bullicio alegre y desenfrenado que señala la gran noche de la guacherna. Disimular un cadáver como si fuera un borracho, es juego de niños. *Pulgarcito* les decía a los capataces: "Este maldito de Anacreonte pesa más que un bulto de cemento", y ordenó retirar un saco de cemento de la fundición de la plancha.

—Era el cadáver del desgraciado de Anacreonte Valdeblánquez, el más sanguinario de los Valdeblánquez —trató de excusarse, con mal disimulada torpeza, *Pulgarcito*.

—*Porca miseria*... —maldijo el abuelo sin entender qué podían hacer con los cadáveres— ...*va bene che questo pesce è morto, ¿mai ormai dovrebbe essere anche sepolto*?

—No te preocupes, tío... —contestó con su acostumbrada, calma Felicce— el derrumbe de los puentes se debe exclusivamente a un exceso de calcio en las planchas de concreto. El contenido de calcio de un cadáver es muy superior al de un bulto de cemento.

—¿Pero no te das cuenta, *caro mio*, de que ésta es la única forma de desaparecer a nuestros enemigos? —exclamó angustiosamente don Ferruccio.

—Naturalmente que me doy cuenta, tío, y precisamente la solución no es nada complicada.

—¿Ahá, *e qual´é la soluzione*? —preguntó Fabrizio Farinelli.

—Es muy sencillo, Fabrizio... —respondió el ingeniero Felicce– en lugar de reemplazar un cadáver por un bulto de cemento, se reemplaza uno por cada cuatro sacos de cemento, y de esa manera se elimina el factor negativo del exceso de calcio sobre los prefabricados y las resistencias de las estructuras de los puentes.

—¿Nada más, *caro mio?* —preguntó incrédulo don Ferruccio.

—Solamente, tío, hay que pedirle a *Pulgarcito* reducir a la mitad la cadencia de los cadáveres de los guajiros, o pedirle al *Rubio* doblar el número de contratos de puentes porque, sencillamente, al ritmo actual de construcción, la empresa no puede absorberlos —respondió impertérrito, Felicce Farinelli.

Desde hace más de una década, ni un solo puente ha vuelto a derrumbarse en Barranquilla, principalmente por la total desaparición de los Cárdenas y de los Valdeblánquez.

SORPRESAS TE DA LA VIDA

No debe haber en muchos lugares calor tan intenso y picante como el de las mañanas veraniegas y despejadas de noviembre, en la sabana de Bogotá. Los rayos del sol de la madrugada destrozan los cultivos sabaneros cuando atraviesan los diminutos cristales que se forman en las hojas. Los días del estío sabanero son los que ocurren entre el equinoccio de otoño y el solsticio de verano, cuando las noches son más largas, y los días, más cortos.

Bogotá, a 2600 metros de altura, y casi equidistante de la línea ecuatorial y de la del Trópico de Capricornio, en noviembre y diciembre es un verdadero infierno para algunos, y un delicioso veraneadero para otros.

Esa mañana, el Gimnasio Moderno estaba resplandeciente. Declarado patrimonio nacional hacía unos años, las verdes uñas, las hiedras y las trepadoras cubrían con elegancia las paredes de ladrillo de casi todas las edificaciones, excepción hecha de la iglesia y de la recién construida piscina.

El 27 de noviembre de 2002 se estaban celebrando las tres décadas de la promoción de 1972.

El Gimnasio Moderno fue fundado en marzo de 1914 por don Agustín Nieto Caballero, bajo la mirada escéptica de buena parte de la sociedad bogotana. La concepción de una escuela moderna era para don Agustín la de un gimnasio para el cuerpo y para el espíritu. Las excursiones al campo para entrelazarse con la naturaleza fueron pan de cada día. Pero el aspecto fundamental de la educación en el Moderno era el de echar al traste los preceptos de educación rígida y tradicional, e inocular a todos los alumnos los ideales de tolerancia, libertad y rechazo a todo tipo de sectarismo.

Las prendas de paño que suelen utilizar los bogotanos no se prestan para los ocasionales veranos de la capital. Y sólo unos pocos, entre el medio centenar de condiscípulos, estaban vestidos, ese día de noviembre, de acuerdo con las exigencias del clima.

Con un elegante traje cruzado de 'ojo de perdiz', confeccionado en un paño gris claro de *cashemira*, el calor no parecía afectar a aquel hombre alto y esbelto que no sólo acaparaba las miradas de los condiscípulos y de los profesores, sino también agrupaba a su alrededor un círculo importante de admiradores que no querían perder una sola palabra de su conversación.

La descripción que debía reposar en la Registraduría del Estado Civil, de este hombre, era la siguiente: nombre: Ernesto Londoño Restrepo; edad: 48 años; cabello: sal y pimienta, y cejas *ídem*; nariz: recta; mentón: rectangular; frente: despejada; boca: mediana; rostro: más bien ovalado; ojos: pardos y despiertos.

Ernesto Londoño pasaba por ser el hombre mejor informado del país. En este siglo de las telecomunicaciones y de la informática, este poder no es despreciable. No en vano advierte *Eco* que "un país pertenece a quien controle la información".

Londoño, en cuestión de identificar oportunidades era uno de los espíritus más perspicaces del país, y tenía una segunda vista que le permitía adivinar las intenciones secretas y reconocer el sentido de los actos humanos más recónditos, las raíces de una fortuna por hacer.

Con gracia y desparpajo, relataba esa mañana los últimos acontecimientos y chismes de la capital, dándoles en cada ocasión un toque humorístico o una inteligente y sagaz interpretación.

A la salida de la misa que celebraba los seis lustros de nuestros bachilleres, Londoño invitó a cinco de sus condiscípulos a almorzar con él en el Jockey Club, el club más elegante y exclusivo de la capital. Ninguno de ellos era su amigo íntimo y sólo tenían contacto ocasional con él.

Instalados en una de las enormes bibliotecas del Jockey Club y recostados en aquellos sillones ingleses de cuero curtido por los años, se inició una agradable tertulia entre los condiscípulos, en medio de generosos platos de empanadas y no menos generosos *Buchanan´s* dobles.

—Pero dinos, Ernesto, ¿cómo sabes prácticamente todo lo que pasa en el país? —preguntó Genaro Tenorio, uno de los asistentes.

—Muy sencillo, mi viejo... —contestó Ernesto— leo la prensa, oigo los noticieros y escucho cuidadosamente los cuentos de amigos como ustedes.

—Déjate de carajadas...–interpeló Ramón Zárate, quien fue su compañero de pupitre–, esa misma 'vaina' hacemos todos y no tenemos ni la centésima parte de la información que manejas.

—También estoy conectado en la internet...

—Nosotros también, y esa 'vaina' no sirve ni *pa´miedda*, —replicó Galo Mancini, el costeño del grupo.

Durante un par de horas, Ernesto logró escabullir las preguntas indiscretas de sus compañeros. Pero la curiosidad de los condiscípulos radicaba en el porqué del éxito económico, político y social de Londoño. ¿Se debía exclusivamente a su condición de hombre extraordinariamente bien informado?

Ernesto no era un empresario. Tampoco un heredero. Su mujer, Susana Mendoza, provenía de una de las mejores familias de la capital, pero sin mayores bienes de fortuna. No obstante, sabía todo lo que ocurría en el mundo empresarial del país. Y precisamente el uso juicioso y prudente de esta información le había permitido hacer extraordinarias operaciones de bolsa antes de que el común de los inversionistas empezara a sospechar lo que estaba pasando.

Un agudo e incisivo observador advertía que cuando uno oye hablar del tren, ya es muy tarde para montarse; los que realmente saben, ya ocuparon todos los puestos.

Londoño daba la sensación, ante el común de la gente, de ser un gran banquero o un magnate de los medios. De hecho, no era ni lo uno ni lo otro.

Los banqueros, a través de la historia, y los lombardos y los alemanes, en particular, han sido grandes confesores tanto de los reyes como de la sociedad. Los Fugger, los Rothschild y los Médicis detentaron un infinito poder en sus épocas.

Y en nuestros días, los grandes magnates de los medios han adquirido un poder antes sólo ostentado por los militares, los banqueros y unos pocos cercanos al príncipe. Poder que obtienen estos magnates, precisamente porque manejan –en ocasiones, a su antojo– la mejor arma de nuestra época: la información.

Ernesto Londoño tampoco era un político. Ni era ni había sido alcalde, gobernador o senador. Era, sin duda, uno de los consejeros consentidos de nuestros tres últimos gobernantes. Quienes acudían a él, lo hacían en busca de aquel tesoro que él parecía obtener de una cantera inagotable: la información.

—Pero, ¿no será... —preguntó Gonzalo Calderón cuando ya se encontraban consumiendo la sexta tanda de escoceses— que te disfrazas de cura en palacio para oír las confesiones de los poderosos?

La ridícula pregunta de Calderón causó risas, y el hecho mismo de que Ernesto Londoño no fuera ni empresario, ni banquero, ni magnate de los medios, ni político, y que, a pesar de ello, estuviera mejor informado que todos los demás juntos, añadido a su poca proclividad para contar las claves de su éxito, hacían lógico este tipo de preguntas.

Lo que despertaba la curiosidad entre los condiscípulos no era necesariamente la información que poseía

Londoño —muy poco les serviría en cualquier escenario— sino cómo se las ingeniaba para obtenerla.

Era Londoño un hombre inmensamente discreto. Pero era, a su vez, lo suficientemente inteligente para saber que muchas veces, para obtener información, también hay que suministrarla.

Una vez hacía uso de la información para sus propios fines, se las arreglaba para diseminarla en el tiempo y a los destinatarios a los cuales mayor provecho en un futuro pudiera llegar a aportarles. Por razones obvias, se cuidaba de confesar cómo la obtenía.

A medida que fluía el whisky, y ante la reiterada insistencia de sus condiscípulos, paulatinamente se fue desmoronando la discreción de Ernesto. El licor suele ser el diurético de todo secreto: no sólo suelta la lengua, sino que aumenta la secreción de saliva; por ello los borrachos suelen decir tantas babosadas.

Los *Buchanan´s* estaban haciendo de las suyas. Ernesto se resistía a la tentación de refregarles sus éxitos, ante el relativo fracaso de cada uno de ellos; en el Gimnasio Moderno nadie había dado un centavo por Londoño, mientras que a los otros cinco, tanto el rector como los profesores les habían augurado un futuro brillante.

—Pero *carajo*, Ernesto... —le interpeló Galo Mancini– si no tenemos ningún interés en saber nombres ni en tener acceso a tu información. ¡Sólo queremos saber cómo la obtienes!

La lógica del anterior argumento, añadido a que ninguno de ellos presentaba la menor amenaza o competencia, lo llevó a contarles:

—Gran parte de mi éxito se debe a dos descubrimientos sobre el comportamiento humano, que pude poner en práctica recién egresado de la universidad.

—¿Y qué fue *eta'vaina*? —preguntó el desabrochado de Mancini.

—¿Han tenido ustedes oportunidad de leer un *best-seller* de hace algunos años: *El Anatomista*, del argentino Federico Andahazi?

—Claro que sí... —contestaron casi al unísono dos de ellos. Otros dos confesaron haber oído del libro, pero no conocerlo.

—¿Y de qué se trata el libro ese y qué tiene que ver con esto? —preguntó Ramón Zárate, el único que no sabía de qué estaban hablando.

—El libro, Ramón, es la historia de Mateo Colón y de cómo descubrió, en pleno siglo XVI, el *amor veneris*, equivalente anatómico del clítoris, hasta entonces desconocido en occidente.

—¿... yyy? —interpeló Galo Mancini.

–Mateo Colón tenía razón desde el punto de vista anatómico, más no desde el sicológico... es decir, ningún órgano es autónomo, y solamente a través de las señales emitidas por el cerebro, responden y cumplen determinadas funciones.

—¿Qué quieres decir con esto? —preguntó, atónito, Salvador Vélez, otro de los condiscípulos presentes.

—Sencillamente, mi querido Salvador, como alguna vez me lo manifestó una tía mía, el *amor veneris*, o el clítoris, no está en las caderas sino en el oído.

—¿Que qué?

—Así de claro, mis viejos… para seducir a una mujer, en términos generales, es preciso primero comérsela a cuentos… y una vez endulzado el auditivo, el resto es cosa de niños…

La carcajada de los contertulios fue general. Es más, se alcanzó a oír la risa de dos personas que en un rincón de la biblioteca leían discretamente *Portafolio*.

—… Y el otro factor clave es haber entendido el hecho de no existir con las mujeres, ni jamás haber existido, camino más expedito para soltarles la lengua, que arrugar con ellas las sábanas. En la cama –dejémonos de *pendejadas*– se cuenta todo.

—Pero ¿quieres decir… —preguntó, atónito, Gonzalo— que son las mujeres que seduces las que te cuentan todo?

—Así de sencillo, mi querido Gonzalo… —contestó Ernesto— no necesito ser un gran banquero. Me basta con acostarme con la mujer del gran banquero. No necesito ser empresario, ni magnate de los medios, ni político ni ministro. Me basta acostarme con la mujer del empresario, del magnate de los medios, del político y del ministro. Ellos cuentan todo a sus mujeres, y ellas –a su vez– me lo cuentan todo a mí.

Los condiscípulos de Londoño lloraban de risa. El que el hombre más informado del país se informara arrugando las sábanas los había dejado tan divertidos como atónitos.

—Con base en la información obtenida entre las cobijas… —prosiguió Ernesto— sé cuáles acciones y en qué momento comprarlas, y aún más importante, cuáles y en qué momento venderlas. Esta información me ha permitido amasar una pequeña fortuna.

—¿Y no has tenido remordimientos?

—Seguramente ustedes han visto los cuernos de la abundancia al pie del escudo nacional, tan llenos de frutas que hasta se están derramando. Como se le ocurrió al inolvidable *Argos*, el contenido de este cuerno era para los antiguos griegos lo que para nosotros es la canasta familiar; así pues, la casa de más abundantes mercados es aquella en la que el marido tiene los cuernos más grandes. Comprenden ustedes que, aceptando esta alegoría, no puedo tener remordimientos.

—¿Alguna vez has tenido tropiezos con tanta calaverada? —preguntó Ramón, entre las abiertas sonrisas de todos los contertulios.

–Serio, lo que se dice serio, sólo uno… —y añadió—: no sólo me tocó salir de la actividad seductora durante un año, sino que estuve al borde de arruinarme al no haberme enterado de quc una de mis más importantes inversiones estaba próxima a la quiebra.

—¿Qué fue lo que pasó? —preguntó Gonzalo.

—Me enviaron una carta a la oficina, en la cual alguien me hacía una advertencia perentoria: En caso de seguir acostándome con su mujer, me pegaría un tiro en la cabeza.

—Pero carajo, viejo… —interpeló Galo— no veo el problema… simplemente dejabas de acostarte con su esposa y dabas por terminado el asunto.

—No me fue posible tomar ese camino.

—¿Por qué diablos no te fue posible?

—Porque al imbécil de mi corresponsal se le olvidó firmar.

La carcajada fue general. Ninguno podía creer que algo tan estrafalario pudiera ocurrir en la vida real.

—¿Y cuándo reiniciaste tus actividades tan divertidas, como por lo visto peligrosas? —preguntó Gonzalo.

—Sólo al año del incidente, cuando una de mis amigas me contó que su marido le había confesado ser el autor de la anónima misiva… —contestó Ernesto.

—… Ella creyó que al enterarme de quién era el autor de la amenaza, yo continuaría mi relación… Aunque fingí indignación y alivio, y prometí regresar a sus brazos, no podía con la dicha de reanudar mis actividades bursátiles. Como les conté, los negocios se me estaban malogrando y esta información sobre la identidad de mi corresponsal no había podido llegar más a tiempo.

—¿Qué pasó con tu amiga…?

—Con algo de nostalgia, me tocó abandonarla. Su marido había cesado como ministro hacía algunos meses y ella ya no tenía la menor utilidad como informante. No les oculto que me dio algo de tristeza. La apreciaba y estaba todavía como un riel… pero no disponía yo ni del tiempo ni de la energía…

—Cuéntanos ¿no tienes competidor en tan peregrina y peligrosa actividad?

—Hombre, Gonzalo, no creo… —contestó Ernesto— por ahí me cuenta mi corredor de bolsa sobre un pobre diablo que a veces se nos atraviesa en nuestras más audaces especulaciones en compra o venta de acciones o de TES… pero, fuera de eso, nada.

Al bordear el anochecer, los amigos fueron abandonando la amplia biblioteca del Jockey Club. Entre despedidas y abrazos, sólo algunos de ellos se fijaron en las dos personas sentadas en el extremo norte de la biblioteca. En las poltronas, casi opuestos el uno al otro, ambos reían discretamente.

"Sin duda… —pensó Ramón para sus adentros sobre los dos extraños— han oído los cuentos originales y graciosos de Ernesto, y no han podido contener la risa".

Pero a Ramón Zárate le quedó la duda de si uno de ellos era un condiscípulo. Un pobre diablo cuyo nombre no recordaba.

Y los dos extraños reían independientemente y por sus propias y muy particulares razones, a raíz de lo que acababan de escuchar.

Uno de ellos era el autor de la misiva amenazadora, y deliberadamente anónima, que hacía varios años había recibido Ernesto Londoño. Ministro de Estado hasta hace algunos meses, reía no sólo por haber acertado en complicarle enormemente la vida a Ernesto; el funcionario sabía de las andanzas de nuestro hombre con su mujer, sino que sospechaba, con sobrada razón, la relación de Londoño con varias otras mujeres. Reía igualmente porque fue una forma ingeniosa de humillar y vengar la infidelidad de su esposa, rematando la venganza en total convencimiento de que al contarle la autoría de la amenaza, y una vez cesado como ministro, ella correría donde su ex amante con la esperanza de reanudar la relación.

Pero, como evidentemente ocurrió, ya Londoño no tenía interés alguno en reanudar un *affaire* con la mujer de un ex ministro, que ninguna información podía aportarle.

Y el otro hombre, igualmente reía con una fruición malévola en su poltrona, por otras razones.

Era aquel pobre diablo al cual se refería el corredor de bolsa de Ernesto Londoño, y que Ramón Zárate pensó reconocer, con razón, como uno de sus condiscípulos.

Pero la realidad era que ni era pobre, ni era diablo.

Era más despierto, más acaudalado y mejor informado que Ernesto Londoño. Mejor informado, ya que a muy temprana edad y por otras razones, se enteró de ciertos aspectos del comportamiento humano que tanto le sirvieron a Ernesto.

Era también más rico. En términos generales, se le adelantaba a Ernesto en sus negocios, no tenía que gastar la relativa fortuna que le costaba a él mantener sus múltiples relaciones. Vivía mucho menos estresado: no tenía que sacar el tiempo y las energías para consentir el serrallo de Ernesto.

Y si había una información que no tenía Ernesto Londoño y hubiera dado la vida por tener –si en primer lugar sospechara su importancia– es determinar quién era y qué hacía para obtener información aquel condiscípulo… tan mal catalogado como un pobre diablo.

Porque aquel hombre que ni era pobre ni era diablo… que era más rico, mucho más rico y considerablemente menos estresado que Ernesto, sólo requería llevar con holgura y discreción una tarea tan amena como rentable para estar mejor informado. Realmente sólo necesitaba seguir haciendo lo que venía haciendo desde hacía 20 años:

Arrugar las sábanas con Susana Mendoza.

TRAPISONDA

"Pícaro... pero puntual... extremadamente puntual" pensó Joaquín Obregón al observar en su Rolex que eran exactamente las 11 en punto de la mañana. Ese 23 de diciembre de 2002, Obregón estaba esperando impávido la llegada de Alcides Ricaurte.

La pequeña embarcación del Club de Barú no tuvo problema en atracar. "Ricaurte tampoco..." rumiaba para sus adentros, Obregón.

De la *Boston Whaler* se bajó un hombre seco como un sauco, y tieso como una guadua. La mirada tosca, los negros ojos, y piel pálida de Alcides Ricaurte, dejaban entrever un carácter ácido y amargo.

La visita, ese día, de Ricaurte a la isla de Obregón no era enteramente gratuita. El enorme rabo de paja del pícaro corría peligro de incendiarse, ya que Obregón le había dejado saber a través de un amigo mutuo que le era conveniente que hablara con él.

El saludo entre los dos personajes fue tan adusto como breve. Ricaurte pidió al lanchero que lo esperara en el muelle, pero Obregón manifestó que ello no era necesario, ya que su lancha podría devolverlo al club sin ningún problema.

El trayecto del muelle al la discreta y elegante casa no pasaba de los 100 metros. En el comedor, al lado de la piscina, desayunaba un hombre de mediana edad.

—¿Conoces a Jorge Pérez, el notario? —preguntó Obregón.

—No tengo el gusto… —contestó Ricaurte, extendiendo la mano.

—¿Quisieras tomar algo… ya que me imagino que desayunaste?

—No, gracias… —respondió, con sequedad, Ricaurte– preferiría que conversemos sobre nuestro asunto. Tengo algo de prisa en regresar al club.

—Sigamos al despacho… —le indicó Obregón.

Ya sentados en el amplio despacho que hacía igualmente el papel de biblioteca de Obregón, se inició un diálogo tan lacónico como desagradable.

—Vengo a hacerte una propuesta generosa en extremo… —afirmó, con cierta petulancia, Ricaurte.

—¿Has recapacitado y estás dispuesto a enmendar tus fechorías? —preguntó Obregón.

—En esos términos no estoy dispuesto a seguir conversando.

—El problema, Alcides, no son los términos que se utilicen… el problema es que a mí y a varios de mis clientes y amigos nos llevaste a la quiebra con base en una operación simulada y fraudulenta.

—Los negocios son negocios… a veces salen bien y a veces salen mal… —respondió Ricaurte.

—Déjate de carajadas… lo que se llevó a cabo no fue un negocio, Alcides… fue un fraude que se perpetró con premeditación y alevosía…

El negocio al cual se referían estos dos hombres

fue la emisión, a través del puesto de bolsa de Obregón, de unos bonos a mediano plazo por parte de Valores Alabama, la firma de inversiones de Alcides Ricaurte. Dicha emisión, que obtuvo por parte de una firma calificadora de riesgo la no despreciable calificación de AA+, fue comprada en su totalidad por Obregón y varios de sus clientes. Ciertos rumores sobre potenciales problemas de liquidez empezaron a surgir muy poco después de la emisión. A los dos años, por expresa solicitud de los tenedores de los bonos, una firma internacional de auditoría llevó a cabo un examen exhaustivo sobre la situación financiera de Alabama. El informe, a pesar de que se intentó mantener confidencial, fue una verdadera bomba en los círculos financieros del país. Los bonos se desplomaron al 30% de su valor nominal.

Obregón había invertido, de sus recursos personales, 10 000 millones de pesos, prácticamente la totalidad de su patrimonio. Quince de sus más cercanos clientes y amigos pusieron cada uno 2000 millones de pesos.

Los rumores en la calle indicaban que aun al 30%, los bonos estaban sobrevalorados y que la mejor alternativa era lo que coloquialmente se denomina 'darse la pela'. Obregón y sus amigos vendieron, y perdieron en el negocio 21 000 millones de pesos.

Pero no hay nada más difícil de guardar, que un secreto. A las pocas semanas se supo que el comprador final –a través de varios reconocidos testaferros y hombres de paja– de dichos bonos al 30% era nada menos que Alcides Ricaurte. De alguna manera, la caca se estrelló contra el ventilador, pero nadie pudo probar el fraude ni destapar al artífice de esta tramoya, Alcides Ricaurte.

Joaquín Obregón no estaba dispuesto, ni en el nivel personal ni en representación de sus clientes y de sus amigos, a entrar en bancarrota sin dar una pelea frontal. A Alcides Ricaurte le dejó saber que era su interés reunirse durante la estadía decembrina de ambos en las Islas del Rosario.

Ricaurte le mandó a decir que aceptaba la reunión el 23 de diciembre, siempre y cuando se tratará exclusivamente de Obregón y él, y que le llevaría una propuesta.

—¿Y cuál es la propuesta que traes, Alcides? —le preguntó Obregón, una vez instalados en el despacho.

—Que estoy dispuesto a reconocer, exclusivamente en relación con tu inversión personal, el 40% del valor nominal de los bonos de mi empresa.

—No me sirve en lo mínimo… tienes que reconocer, no sólo a mí sino a la totalidad de los inversionistas, el 100% de valor de los bonos…

—Absolutamente imposible…

—Entonces no hay ninguna posibilidad de arreglo.

—Mi última oferta es subirte a ti al 45%.

—Entendámonos, Alcides, entendámonos. Lo que hiciste es un timo consumado, en el cual te embolsillaste 30 000 millones de pesos, para luego parquear ilegalmente los activos más valiosos en manos de testaferros y, de esa forma, poner en situación de iliquidez la empresa, con la única finalidad de desvalorizar los bonos para tú mismo comprarlos y hacer una enorme utilidad a costa de los inversionistas. Eso, mi querido amigo, más que un fraude, es un atraco a mano armada.

—Muéstrame las pruebas... —contestó, desafiante, Ricaurte.

—Tal vez no recuerdes, pero tengo algo mucho más comprometedor que las pruebas de tus fechorías... —le dijo Obregón, acariciando un extenso fólder.

—¿Y qué puedes tener que me pongas a temblar?

—Es posible, Alcides, que el alzheimer ya te haya alcanzado, pero tengo en mis manos un pagaré que firmaste a favor nuestro para respaldar con tu firma la emisión... —le respondió Obregón mostrándole, en efecto, una letra por la suma de los 30 000 millones de pesos.

Ricaurte palideció. La verdad es que había olvidado por completo este pagaré de contragarantía. Pero mantuvo cierta presencia de ánimo y vislumbró una remota salida

—¿Qué fecha tiene el documento? —preguntó, maliciosamente, el caballero de industria.

—23 de octubre de 1999.

—No vale ni el papel en que está escrito...

—¿De dónde sacaste tan peregrina noción? —preguntó Obregón, desconcertado.

—Han pasado tres años y, por lo tanto, ya ha prescrito.

—Te equivocas, Alcides. La ley otorga cuatro meses adicionales para iniciar los trámites de rigor. La semana entrante, un prestigioso bufete de abogados estará iniciando una demanda civil y penal en tu contra.

Además de ser un pícaro consumado, Alcides Ricaurte era malicioso y artero.

—Los pleitos en este país pueden durar 30 años. Nadie en Colombia te garantiza el que ganes o pierdas un pleito, pero lo que si te garantizan los abogados habilidosos es que te lo enredan indefinidamente… Corres el riesgo, Joaquín, de pasar el resto de tu vida en los juzgados.

—Puede ser así, Alcides, pero no me voy a dejar robar…

En ese momento entró al despacho Pascasio, el lanchero de Obregón.

—*Ahá Dotó…llegó lo pescadores con la langosta que el dotó oddenó*, —le dijo a Obregón el simpático moreno que trabajaba con su familia desde los años 60.

—Diles que ya estoy con ellos, Pascasio.

Obregón dejó el fólder abierto y, dirigiéndose a la puerta, le dijo a Alcides:

—No me demoro nada… pero si no los atiendo no hay almuerzo.

A Obregón le encantaba la charla y el regateo con los pescadores. Los martes y los jueves ellos traían en su chalupa a una encantadora palanquera, la negra Dioselina, que recogía todo tipo de frutos para ofrecerlos.

—*Ahá…dotó…¿es que me va a dejá con las papayas…?*, —le gritaba la negra a Obregón.

—Por supuesto que no, Dioselina. Déjeme seis papayas, un par de melones, media docena de chontaduros, y por lo menos dos docenas de limones…

—Ahá…dotó… ¿y es que etas sandías no le gustan…" —le respondió la negra mostrándoles dos preciosas frutas.

—¿Me las va a encimar…?

—Po´supuesto que si dotó… faltaba más…

—Y usted, Candelario, ¿me trajo las rayas, las chernas y los parguitos?

—Como no, dotó…eta misma mañana lo´pesqué…

Mientras Obregón se divertía conversando con los pescadores y la palanquera, del despacho salió pálido y tambaleándose Alcides Ricaurte. En la sala se encontró con Jorge Pérez, el notario.

—Amigo… Estoy muriéndome —le dijo con voz temblorosa.

El notario se dio clara cuenta de que este hombre estaba enfermo. El color de la piel se había tornado un rojo pálido… el color de la papaya. Pérez le acercó un asiento y salió corriendo hacia el muelle.

—Joaquín, carajo, está muriéndose el tipo que vino a visitarte…

—¡Mierda! —respondió Obregón, regresando a la carrera a la sala.

—Carajo… ¿qué te pasa, viejo? —le preguntó Obregón

—No sé… pero estoy muriéndome… tengo náusea… vómito… y la cabeza está que se me estalla…

Obregón no perdió un segundo. Dio una rápida vuelta por el despacho, y a Pascasio le ordenó alistar la lancha de inmediato:

—Sé que Luis Samper, el médico, está buceando en los bajos de la isla de Pavito. Me voy a sacarlo del agua y lo traigo de inmediato…

Dirigiéndose al notario, le dijo:

—Llama a mi secretaria, Myriam, y dile que se ponga en contacto de inmediato con Camilo Gómez, el piloto de Helitransportes y que tengan un helicóptero listo si tenemos que sacar a Alcides de emergencia. Que yo corro con todos los gastos…

Obregón agarró un tanque de buceo, el regulador y las aletas y salió disparado a buscar el médico…

—Carajo… aunque esté en el fondo del mar… a ese médico 'huevón' lo saco y me lo traigo… —gritó corriendo hacia el muelle.

Jorge Pérez, el notario, ya había localizado a la secretaria de Obregón y estaban ubicando al piloto del helicóptero para que se trasladara a las islas, de llegar a ser necesario.

Alcides Ricaurte llamó al notario:

—Doctor Pérez… no sé si me muera o no, pero quiero decirle que estoy obnubilado con la generosidad de Joaquín Obregón. Lo arruiné y este hombre está haciendo lo imposible por salvarme. Le ruego el favor de redactar un documento para firmarlo en su presencia, por medio del cual le reconozco a Joaquín Obregón la totalidad de sus pérdidas en la venta de los bonos…

—No quiero meterme en asuntos que no me incumben, doctor Ricaurte, pero no creo que Joaquín aceptaría un arreglo que no incluyera a sus amigos inversionistas…

—Que se incluya a sus amigos también, doctor, pero por el amor de Dios, redacte el documento antes de que pase a mejor vida…

En menos de 10 minutos, el notario redactó el documento que firmó inmediatamente Ricaurte, reconociendo a todos los inversionistas las pérdidas que incurrieron en la venta de los bonos. En ese momento, entró a la carrera Joaquín Obregón seguido de Luis Samper, el médico.

–Carajo, no saben ustedes la suerte tan berraca... acababa Luis de salir de su primera inmersión y me lo monté en la lancha... —exclamó, excitado, Obregón.

El médico procedió a examinar a Ricaurte. Samper registró, en cuestión de segundos, que tanto el pulso como la presión sanguínea estaban disparados. La pupila de Ricaurte estaba dilatándose rápidamente y la respiración era cada vez más precaria. A pesar de su larga experiencia, el médico no pudo ocultar su honda preocupación.

—¿Qué ha tomado o bebido en esta última hora? —le preguntó a Ricaurte.

—Absolutamente nada... no he tomado ni comido absolutamente nada...

—No quiso aceptar ni un vaso de agua... —agregó Obregón.

—Tiene usted todos los síntomas de haberse envenenado con ácido prúsico —le dijo el médico a Ricaurte.

—No le entiendo nada, doctor... —contestó con voz débil y trémula Ricaurte.

—Ya le explicaré... pero es urgente hacerle un lavado de estómago...

—Tengo un enema... —contestó Obregón.

—¿Tienes también un botiquín?

—Tengo uno bastante completo… aquí en las islas hay mucho accidente de picaduras y de buceo… ya lo traigo.

El médico empezó a buscar rápidamente, y encontró lo que necesitaba.

—No puedo creerlo Joaquín… tienes exactamente lo que necesito: nitrato de sodio y sodio tiosulfato. Necesito con urgencia aplicarle dos inyecciones intravenosas.

El médico no perdió un solo segundo. A pesar de las protestas de Ricaurte, le aplicó el enema y le puso la primera inyección de nitrato de sodio. A los cinco minutos, le colocó en la pierna la segunda inyección de sodio tiosulfato…

Ricaurte empezó inmediatamente a reaccionar. El color le regresó paulatinamente, y con una voz entrecortada, pero más segura, dijo: "Doctor… me siento mucho mejor".

—Agradézcale a la rapidez con que actuó Joaquín y al botiquín en el que sorprendentemente encontré tanto el nitrato de sodio como el sodio tiosulfato. Sin ellos, en menos de dos horas hubiera pasado usted al otro mundo…

—Pero ¿qué es exactamente lo que me pasó, doctor?

—Usted se envenenó… eso es claro… pero no sé exactamente cómo…

—¿Pero con qué me envenené? —preguntó Ricaurte, bastante más alerta y calmado.

—Lo más probable es que se haya envenenado con ácido prúsico, que en esencia es hidrógeno de cianuro o ácido cianhídrico…

—Mierda... —contestó Ricaurte, sin ninguna afectación— de la que me salvé.

—Sí... de la que se salvó —contestó el médico— en un primer instante pensé que usted había comido yuca cruda...

—¿La yuca es venenosa? —preguntó, incrédulo, Ricaurte.

—Las raíces de la yuca brava o mandioca, cuyo nombre científico es *manihot utilísima*, y hace parte de las plantas euforbiáceas, tiene altas concentraciones de ácido prúsico. Por ello es esencial que se lave cuidadosamente. Los envenenamientos por esta causa, en especial en el África y en el Amazonas, son incontables... —contestó el galeno.

A la hora, Ricaurte estaba totalmente repuesto y aceptó gustoso un whisky que le ofreció Obregón. Le pidió al notario que le mostrará a Obregón el documento que había firmado y le rogó a Obregón perdonarle su bajo proceder. Con el médico no ha podido ser más elogioso y le dijo que, de no aceptar honorarios, le regalaría 100 millones de pesos a la clínica que él designara.

—Creo, amigos, que es hora de regresar y por lo tanto agradezco que me lleve al club el lanchero... —les dijo Ricaurte.

Los tres acompañaron a Alcides al muelle, y el médico le prometió visitarlo el día siguiente, y le dio su número de celular, en caso de llegar a necesitarlo.

Una vez de regreso en la sala, y después de ajustarse un par de whiskies y comentar el extraño incidente que acababan de presenciar, Samper le dijo a Joaquín:

—No sé bien por qué, pero sospecho, Joaquín, que sabes más de lo que verdaderamente pasó de lo que estas aparentando saber... nadie guarda en un botiquín nitrato de sodio ni sodio tiosulfato.

—La verdad es que sí... —contestó Obregón.

—¿Tú lo envenenaste? —preguntó, incrédulo, el notario.

—No... no exactamente... —contestó Obregón— yo puse el veneno y él se encargó de consumirlo.

—No te sigo... —exclamaron, casi de manera simultánea, el médico y el notario.

—La verdad es que el aparentemente fortuito accidente que ustedes presenciaron fue en realidad un cuidadoso y detallado montaje que duré tres meses en planear y organizar...

—¿Y...?

—A través de unos amigos comunes, logré ubicar y me puse en contacto con Erasmo Chang, un verdadero sabio chino. Erasmo es descendiente de una de esas innumerables familias de chinos que vinieron con de Lesseps a construir el Canal de Panamá. Su padre se trasladó a Barranquilla en los años 40 y Erasmo se convirtió en un calígrafo de talla mundial. De todo el mundo, pero en especial de Taiwán y de la China continental, le llegan pedidos, principalmente para los símbolos del horóscopo chino. Él mismo, con arroz de las vegas del Sinú, fabrica su propio papel...

—¿Y...?

—Me desplacé a Barranquilla para conocer a tan singular personaje y le pregunté si podría hacerme una hoja de papel con raíces del arbusto de yuca brava. Me dijo que sí y que en la China, concrétamente en la región de Hunan, de donde venía Mao Tse-Tung, se hacía papel de yuca. Le envié las raíces y el pagaré y a las tres semanas tenía un documento idéntico al original...

—Seguimos perdidos...

—La clave del éxito de esta empresa me la había dado hace unos meses mi amiga Lourdes Naranjo. El miserable de Ricaurte la había enamorado, pero al quedar encinta, la botó como a un perro, sin darle un cochino peso. El resentimiento de Lourdes es inmenso y un día me contó que el pícaro de Ricaurte, en el despacho del gerente de un banco, y en el descuido momentáneo del banquero, se había comido un pagaré...

—¿Entonces?

—Muy sencillo, mis viejos queridos... si se había comido uno, cómo no se iba a comer dos. A Ricaurte le mostré el título que me había entregado Erasmo Chang. Como un corderito lechal picó la carnada...

—Eres un genio, 'huevón'... —le comentaron los amigos.

—Cuando recuperemos la plata... algún día le haré saber al pícaro la trampa en que cayó...

Los tres siguieron bebiendo hasta altas horas de la noche.